Treibsand

ULRIKE MATTER

Treibsand

Bibliografische Information der Deutschen Nationalbibliothek
Die Deutsche Nationalbibliothek verzeichnet diese Publikation
in der Deutschen Nationalbibliografie; detaillierte bibliografische
Daten sind im Internet über http://dnb.d-nb.de abrufbar.

Satz, Herstellung und Verlag:
BoD - Books on Demand, Norderstedt

ISBN: 978-3-7494-9449-1

I

Schneider warf noch schnell einen Blick in das Zimmer seines Vaters, dem der Pfleger gerade beim Aufstehen half. »Ah, Christian«, krächzte sein Vater, »du musst deiner Mutter sagen, dass sie unbedingt noch Fleischpastetchen kaufen soll. Die sind nämlich nur noch heute im Angebot.«

»Mach ich, Papa«, antwortete Schneider freundlich. Er schnappte sich noch eine Banane aus der Küche, heute musste das als Frühstück reichen, und dann ging er aus dem Haus und zog die Tür hinter sich zu. Seine Mutter war seit acht Jahren tot. Zum Glück.

Der Morgen war eigentlich wunderschön, das hatte er vorhin schon beim Joggen festgestellt. Frisch nach dem nächtlichen Gewitter und warm zugleich, versprach dieser Tag ein angenehmer Sommertag zu werden, nicht so elend heiss wie die vorangegangene Woche, in der Schneider manchmal das Gefühl gehabt hatte, sein Gehirn sei nun wirklich gut durchgegart.

Er sprang in seinen alten, klapprigen Golf, für ein anderes Auto hatte es nach den Scheidungen nicht mehr gereicht. Denn, obwohl kinderlos, hatten beide Frauen einen Haufen Geld bekommen. Und an seine Zweite zahlte er immer noch. Sie selbst sah sich »ausserstande« zu arbeiten. Schneider hingegen hielt sie für ein faules, verlogenes Miststück. Das war zu Ehezeiten nicht wirklich anders gewesen, da war sie sich treu geblieben. Mit der ehelichen Treue hingegen hatte sie es nicht ganz so genau genommen.

Wie auch immer, mittlerweile lebte sie mit einem Grossverdiener zusammen, was allerdings keinen Richter interessierte, sodass er regelmässig zum Weiterzahlen verdonnert wurde. Vielleicht schwang da auch der unmotivierte Hass der Judikative gegen die Exekutive mit. Polizisten, Kriminalbeamte und andere, die sich täglich mit dem Abschaum der Menschheit herumärgern mussten, waren Richtern immer suspekt. Anders war es auch nicht zu erklären, warum diese Idioten jeden noch so dringend Tatverdächtigen wieder auf freien Fuss setzten, damit dieser weiterhin seinen »Geschäften« nachgehen konnte.

Autos waren Schneider aber ohnehin egal. Der letzte Gegenstand, für den er viel Geld ausgegeben hatte, war sein Mountainbike gewesen. Leider hatte er dafür nur wenig Zeit und so stand es meistens allein in der Garage und langweilte sich.

Als Schneider am Tatort – einem Gewächshaus in einem der tristen Vororte– ankam, war sogar er etwas erstaunt. Berufsbedingt hatte er schon einige Tote gesehen. Natürlich Gestorbene, Ermordete, selbst Ermordete, Überfahrene, Zerquetschte, Zerschossene und auch mal einen strangulierten Auto-Erotiker, der den richtigen Zeitpunkt für das Lösen seiner Fesseln offenkundig verpasst hatte. Aber der Typ, der da in dem grossen Gewächshaus vor dem Ventilator baumelte, bot einen neuartigen Anblick. Sein Mörder hatte ihn recht übel zugerichtet, das konnte Schneider sogar aus der Froschperspektive erkennen. Aber was auch immer geschehen war, der Tote hatte es jetzt hinter sich.

Seine neue Partnerin starrte bleich und entsetzt auf den Toten, den Dracula von der Decke hatte nehmen lassen. Draculas Assistentin sammelte schon die ersten Maden von der

Leiche ein und machte sich offenbar einen Spass draus, Lisa damit zu erschrecken. Dracula, als alter Kavalier, schob sich schliesslich dazwischen und Lisa flüchtete. Schneider ignorierte den strengen Blick des Gerichtsmediziners, der anscheinend glaubte, er, Schneider hätte sich um Lisa kümmern können. Hätte er können, wenn er denn als Babysitter arbeiten würde.

Schneider liess sich kurz von Dracula erklären, was es wo an der Leiche zu sehen gab, bevor er sich nach den Leuten am Rande des Gewächshauses umschaute. Eine Handvoll Mitarbeiter stand da und starrte mit bleichen, hilflosen Gesichtern in seine Richtung. Schneider musterte einen nach dem anderen. Allem Anschein nach waren sie ehrliche und hart arbeitende Leute. Aber wenn er eines in seinen langen Dienstjahren gelernt hatte, dann dass den Menschen nicht zu trauen war. Einfach deswegen, weil Menschen verlogen und hinterhältig waren. Gerade diejenigen, die am unschuldigsten aussahen, waren zu allen möglichen Sauereien fähig.

Zu seinem grossen Unmut bemerkte er, dass Lisa schon zu den Leuten gegangen war und sie befragte. Das passte Schneider gar nicht, denn die ersten Fragen und Reaktionen wollte er stellen und sehen. Hinzu kam, dass Lisa ahnungslose Anfängerin war. Höchstwahrscheinlich sah sie in den Leuten dort nur einen Haufen verstörter, trostbedürftiger Gestalten und wollte nun alle wieder glücklich machen. Warum sie sich für eine Karriere bei der Polizei entschieden hatte, war ihm nach wie vor ein Rätsel. Eigentlich war sie viel zu weichherzig und gutgläubig für den Job.

Als kleine Streberleiche hatte sie zwar alle Aufnahmeprüfungen und Eingangstests mit Bestnoten bestanden, was sie ihm nicht sympathischer machte. Doch Lisa fehlte, neben der nötigen Hartherzigkeit, der Glaube an das Böse im Menschen. Sie hatte nicht den Blick für das, was unter der zivilisierten Oberfläche schlummerte, an dem keine Erziehung etwas ändern konnte. Bei den einen bedürfte es weniger, bei den anderen mehr, damit es ausbrach. Aber es existierte in allen.

Missmutig vor sich hin brummelnd machte er sich auf den Weg durch die Radieschen zu ihr.

II

Als Lisa am Tatort eintraf, waren schon alle Achtsamkeitsübungen und Ommms vom frühen Morgen Schnee von gestern. Einmal mehr hatte sie feststellen müssen, dass ihr Freund ein menschlicher Totalausfall war – er hatte ihr aufgetragen, auf dem Rückweg von »dieser Mordsache« noch Kaffee und Klopapier mitzubringen – und somit einmal mehr sein totales Desinteresse an ihrem Job signalisiert. Wahrscheinlich mit voller Absicht.

Abgesehen davon war das Gewächshaus mit Leiche nicht gerade ihre Wunschdestination, fand sie doch Morde und alles, was damit zu tun hatte, beängstigend, abschreckend, kurz: einfach furchtbar. Vielleicht eine eher ungünstige Einstellung für ihre Arbeit im Morddezernat.

Sie war aber pflichtbewusst losgefahren, hatte sich beeilt, denn ihr Partner war von der ungeduldigen Sorte und es gab sicher eine Menge zu tun. Ausserdem war es wichtig, Angehörige wie Mitarbeiter zu befragen, solange sie noch unter Schock standen und ihre Geschichten noch nicht miteinander hatten absprechen können. Das war grundlegendes Ermittler ABC, welches sie schon in ihrer Ausbildung immer wieder vorgebetet bekommen hatte. Weiterführendes Fachwissen hatte Lisa sich reichlich in den vergangenen Wochen angelesen. Denn das Schicksal hatte sie Christian Schneider zugeteilt. Sie war sich immer noch nicht ganz sicher, ob es das Schicksal dabei gut mit ihr gemeint hatte. Was beispielsweise Schneiders Umgangsformen betraf, gab es noch viel Luft nach oben.

Er hatte bereits über zwanzig Jahre Berufserfahrung und selbstverständlich schon alles gesehen und gehört. Egal wie übel eine Leiche zugerichtet war, Schneider hatte sicher schon Schlimmeres erlebt.

Der Tote heute war allerdings erst Lisas zweite Leiche. Vor ein paar Wochen, sie war erst drei Tage im Dienst, da war jemand ermordet worden, ein älterer Obdachloser. Lisa hatte sich noch nicht einmal von dem Schock erholt, dass sie nun tatsächlich in einer Mordsache ermitteln sollte, da hatte Schneider, sie keines Blickes würdigend, die Ermittlungen im Alleingang durchgezogen. Sie hatte einfach dumm danebengestanden, beziehungsweise im Büro gesessen. Damals hatte sie sich geschworen, dass ihr so etwas nicht noch mal passieren würde. Ergo hatte sie sich mit Fachliteratur eingedeckt und alles gelesen und gelernt, was es so zu lesen und lernen gab. Jetzt war sie wild entschlossen, ihr theoretisches Wissen bei diesem Fall in die Praxis umsetzen. Dieser Entschluss geriet, einmal am Gewächshaus angekommen, ein wenig ins Wanken ob des sich ihr bietenden Horrorszenarios. Der Ermordete hing mit einem Strick um den Hals vor einem der grossen Ventilatoren, die das Gewächshaus belüfteten. Jetzt belüftete der Ventilator die Leiche, auf diese Weise den widerwärtigen Geruch von Tod und Verwesung im gesamten Gewächshaus verbreitend. Demnach schien der Tote schon etwas länger zu hängen, lang genug auf jeden Fall, um zu riechen. Und das Schlimmste war, dass die anderen da herumliefen, als seien sie mit ihren weissen Anzügen auf einer lockerlustigen Kostümparty.

Lisa schluckte schaudernd. Sie musste sich

sehr zusammenreissen, um ihren Partner zu der Leiche zu begleiten. Doch im Büro sitzend Stühle warmhalten, war dieses Mal keine Option. Sie atmete so flach wie nur möglich, um dem Hauch des Todes zu entkommen.

»Du kannst auch da vorne warten«, bot Schneider ihr an. Offenbar war ihm nicht entgangen, wie sehr Lisa sich ekelte. Lisa nahm an, dass er das weniger aus Rücksichtnahme sagte, sondern eher die Gelegenheit nutzen wollte, um sie wieder aufs Abstellgleis zu schieben. Sie warf ihm einen eisigen Blick zu: »Auf keinen Fall!«

Noch einmal würde sie sich nicht zur Bürodeko degradieren lassen und damit würde Schneider sich jetzt abfinden müssen. Lisa richtete sich auf und sah Schneider so professionell an, wie es ihr in diesem Moment eben möglich war. Offenbar reichte das, denn Schneider zuckte mit den Schultern und ging dann vorneweg. Dracula und seine Assistentin waren auch schon da. Die beiden Gerichtsmediziner liessen die Leiche gerade herunternehmen. Das war einfach grauenhaft. Der Tote war ziemlich übergewichtig und vier Leute waren angetreten, um ihn am Boden in Empfang zu nehmen. Sie liefen unter der Leiche hin und her und vermittelten so den Eindruck, der Tote sei ein etwas dickerer Rugbyball und nicht ein menschliches Wesen, ein ermordetes noch dazu. Währenddessen hockte einer oben auf dem Metallgestänge und mühte sich damit ab, das Kabel zu lösen.

»Mehr nach links, nee, nach rechts, nee, doch links, ach Scheisse, ich krieg das Kabel nicht durch ...«

Lisa hatte kurz das Schreckensbild vor Augen, dass der Tote herunterfallen und auf ihr landen würde. Sie läge dann plattgequetscht in den faulenden Eingeweiden der Leiche. Von der Seite spürte sie bereits Schneiders verächtlichen Blick und die sich auf ihrer Oberlippe bildenden Schweissperlen. Doch der Körper landete punktgenau in den acht Armen, die ihn vorsichtig auf einer Plane auf dem Boden betteten. Lisa bewunderte die beiden Gerichtsmediziner für ihre Professionalität. Sie begutachteten den Toten wie eine tote Mastgans, fassten ihn an, drehten und wendeten an ihm herum. Lisa hingegen würgte an einem exorbitant grossen Frosch im Hals. Der Tote lag einfach da, für immer verloren – für seine Familie, Freunde und die Freuden dieser Welt.

Draculas Assistentin Katja hatte sich währenddessen mit Feuereifer daran gemacht, alle Insekteneier und -maden von der Haut der Leiche einzusammeln. Ihr absolutes Spezialgebiet war es, mithilfe der Insekten den Todeszeitpunkt zu bestimmen. Sie war unglaublich schlau, allerdings auch etwas merkwürdig. Redete fast nie mit ihr oder mit sonst jemandem, sondern hockte einen Grossteil des Tages in ihrem Labor und schob ihre Maden von A nach B. Immerhin hatte Katja wohl den für sie richtigen Beruf gewählt, bei all der Begeisterung, die sie für diese ekelhaften kleinen Viecher aufbrachte. Völlig enthusiastisch zeigte sie Lisa immer wieder die sich windenden, winzigen Würmer. Sie meinte es sicher gut, aber Lisa wurde es flau im Magen. Dracula stand schliesslich auf und schob Katja weg. Lisa zog es vor, sich um die Mitarbeiter zu kümmern, die am Eingang des Gewächshauses standen, sichtlich geschockt. Die waren sich immer sicher gewesen, dass ihnen so etwas nie passieren würde. Schreckliche Dinge passierten nur im Fernsehen oder anderen Leuten, bis sie einem irgendwann selbst passierten.

Sie stellte sich den Angestellten vor, schüttelte Hände, kondolierte und zog ihr Smartphone heraus, um das Diktiergerät zu starten. Sie hatte noch nicht einmal auf den Startknopf gedrückt, da kam Schneider angelaufen. Er wirkte etwas ungehalten, war wohl ärgerlich, dass sie schon ohne ihn angefangen hatte. Er war einfach schwierig. Sie versuchte, nicht zu viel über Schneider nachzudenken, denn das hätte sie womöglich zu sehr frustriert.

Bis vor zwei Monaten hatte er mit Peter Willi zusammengearbeitet, einer Ermittlerlegende. Nun genoss dieser seinen vorgezogenen Ruhestand in Südfrankreich. Schneider hingegen hatte sie zur Seite gestellt bekommen. Jung, ahnungslos und nicht wirklich hart genug für den Job.

Er liess sie auch jeden Tag spüren, dass sie nicht gut und erfahren genug war, um neben ihm zu bestehen. Lisa versuchte, das Positive zu sehen und möglichst viel von Schneider zu lernen. Nichtsdestotrotz könnte er ein bisschen netter sein, wie sie fand.

III

Dracula hätte sich fast die Zunge am Kaffee verbrannt.

Der war nämlich sauheiss. Und schwärzer als die Seele eines Serienkillers. Pures Koffein. Angestrengt versuchte Dracula, sein hektisch flatterndes Herz und die Schweissperlen auf seiner Stirn zu ignorieren. Das Alter war einfach erbarmungslos: Als er noch jünger gewesen war – ach Gott, war das schon lange her – hatte er locker fünf Tassen am Morgen weggekippt. Heute musste er aufpassen, dass er nicht nach der Dritten einen Herzinfarkt erlitt.

Vorsichtig und in winzigen Schlückchen an dem Gebräu nippend, ging er langsam mit der Tasse in der Hand von der Küche zur Haustür. Dabei starrte er so konzentriert auf den Inhalt der Tasse, um ja nichts zu verschütten, dass er im Wohnzimmer fast über seine Mutter Mirja gestolpert wäre. So wie es aussah, war sie wohl irgendwann in den frühen Morgenstunden mit dem Pinsel in der Hand auf dem Fussboden eingeschlafen. Sie lag, bekleidet mit einem schwarzen Kaftan mit Pfauenstickerei, vor einem Albtraum in Öl, schwarz-weiss und düster. Mit roten Flecken darauf. Drachen, die Totenschädel in wildem Durcheinander in ihren Krallen hielten. Und viele Flecken schreiend roten Blutes. Der Hang seiner Mutter zum Morbiden hatte sich eindeutig zu ihm durchgemendelt: Dracula war Gerichtsmediziner. Er beschäftigte sich tagein, tagaus mit Toten und deren Geschichten. Und es bereitete ihm so viel Freude. Er empfand die Toten als eine sehr angenehme Gesellschaft. Sie erzählten ihm die Dramen ihrer vorzeitig beendeten Leben, hatte er dergleichen genug, konnte er sie wieder im Kühlfach verstauen.

Dracula überlegte gerade, wie er seine Mutter auf die Couch bugsieren konnte, ohne sie zu wecken, als ihr linkes Auge einen Spalt weit aufflatterte: »Drago«, murmelte sie verschlafen, »mussu wech?«

»Ja, Mama«, antwortete Dracula.

»Toter?«

»Ja. Soll ich dir auf die Couch helfen?«

»Kannichalleindanke«, murmelte sie und

krabbelte mit dem Pinsel in der Hand auf das Sofa. Dracula zog eine Decke über sie, was Mirja gar nicht mehr mitbekam, sie schlief direkt weiter.

Direkt vor dem linken Vorderrad sass der grosse rote Kater seiner Mutter und blinzelte in die aufgehende Sonne. Arturo hiess das Monster, nach irgendeinem von Mirjas verflossenen Lovern benannt. Genauso benahm sich der Kater auch: Er war eifersüchtig, besitzergreifend und verachtete Dracula aus tiefster Seele. Dementsprechend belastet war auch der Umgang der beiden miteinander. Dracula schob Arturo mit dem rechten Fuss vom Vorderrad weg, denn seine Mutter liebte Arturo schliesslich sehr. Der Kater dankte diese potenziell lebensrettende Massnahme mit einem Pfotenhieb. »Grenzdebiler Kretinkater«, murmelte Dracula. Er öffnete die Tür seines schwarzen Sportwagens und quetschte sich auf den Fahrersitz. Der Wagen war eher für mittelgrosse Supersportler konzipiert und nicht für grosse, dürre Sofabewohner. Dracula programmierte das Navi und fuhr über die noch nahezu leeren Strassen zu seiner Leiche. »Mord im Gewächshaus« hatte es geheissen, und das bedeutete Arbeit für ihn.

»Wo ist mein Kunde?«, fragte Dracula, an seinem Einsatzort angekommen, mit der Nonchalance vieler Berufsjahre.

»Der hängt noch.«

Einer der Kriminaltechniker deutete mit seiner Rechten an die Decke des Gewächshauses.

»Aha.«

Dracula schaute nach oben. Sein Toter baumelte vor einem der grossen Ventilatoren, die das Gewächshaus belüfteten und die darin wachsenden Pflanzen so vor Pilzbefall schützen sollten. Das Kabel, an dem der Körper hing, genauer gesagt, dessen Hals, scharrte leise an dem Metallgestänge des Daches. Dracula verzog den Mund. Da hatte wohl jemand besonders schlau sein wollen. Die Sache mit dem Ventilator im Gewächshaus war ganz klar ein plumper Versuch, den Zeitpunkt des Todes zu vertuschen. Der Täter hatte offenbar übersehen, dass es vielfältige Methoden gab, diesen Zeitpunkt zu bestimmen und dass ein halbwegs geschickter Gerichtsmediziner die klimatischen Bedingungen mit einberechnen konnte. Eigentlich war die Situation sogar vorteilhaft, denn Temperatur und Feuchtigkeit hatten für beste Bedingungen gesorgt: Zahlreiche Insekten hatten es sich auf dem Toten schon gemütlich gemacht und warteten nun ungeduldig darauf, eingesammelt, in Alkohol eingelegt und analysiert zu werden. Die Kriminaltechniker in ihren weissen Anzügen schossen ihre Bilder und schliesslich waren sie so weit, den Toten aus seiner etwas misslichen Lage befreien zu können. Nicht dass das viel genützt hätte. Denn selbst wenn er den Strick um seinen Hals überlebt hätte – die vielen Messerstiche, die Dracula an seinem Bauch sah, hätten seinem Leben so oder so ein Ende bereitet.

»Krass«, sagte Katja, seine Assistentin, mit ungesunder Anerkennung in der Stimme.

Dracula schaute sich nach Schneider und Lisa um. Schneider hatte sein »Alles-schon-gesehen«-Pokerface aufgesetzt. Lisa wirkte nicht ganz so abgeklärt. Ihr Gesicht war leichenbleich und sie kniff die Lippen zusammen. Katja fing an, die Insekten einzutüten.

»Hey, schau mal«, rief sie immer wieder und hielt Lisa Larven, Maden und Eier unter die hübsche Nase. Lisa sah aus, als wollte sie gerade den Tatort mit ihrem Frühstück verunreinigen. Dracula schob sich schliesslich dazwischen, und Lisa trat dankbar den Rückzug an. Dracula schaute sich den Toten näher an und stellte erstaunt fest, dass Teile der Kleidung im Bereich der Körpermitte feucht waren. Trotz Ventilator.

»Mein lieber Freund«, murmelte er anerkennend, »das ist mal ein Abgang.«

Schneider trat hinter ihn.

»Und?«, fragte er.

Dracula fühlte sich immer sehr intellektuell neben Schneider. Alles an diesem Mann war durchtrainiert, bemuskelt und optimiert. Dracula hingegen ging zu Fuss vom Parkplatz ins Institut. Und er fuhr einen Sportwagen. Das musste genügen.

Nichtsdestotrotz er freute sich sehr, dass Schneider den Fall bearbeiten würde. Und dass er seine neue Partnerin mitgebracht hatte. Die war nämlich eine echte Schönheit. Und sehr klug noch dazu. Ausserdem warmherzig und witzig. Dracula war gespannt, wie lange es wohl dauern würde, bis sie um ihre Versetzung ersuchen würde. Denn

Schneiders Klagen nach zu urteilen, lief es zwischen ihnen beiden nicht besonders gut, um es einmal vorsichtig auszudrücken. Wie Dracula das einordnete, war aber nicht Lisa das Problem, egal, was Schneider jammerte. Allerdings war jetzt nicht der Zeitpunkt, darüber zu spekulieren. Jetzt war Arbeiten angesagt.

»Der Verstorbene«, begann Dracula, während er sich neben den Toten kniete, »der Verstorbene hat einen recht interessanten Exitus hingelegt. Da«, er zeigte mit seinen langen, dünnen Dracula-Fingern auf die Körpermitte des Toten, »ist die Kleidung immer noch feucht. Am restlichen Körper hat der Luftzug die Kleidung schon getrocknet. Anscheinend war er aber mit seinen Kleidern im Wasser, bevor er da oben gelandet ist.«

Dracula deutete auf das Metallgestänge. »Und die Messerstiche, naja, die kann man ja nicht übersehen, nicht wahr ...?«

»Hmpf«, stimmte Schneider zu. »Die Flüssigkeit ist kein Blut?«, wollte er wissen.

»Nein, nein, da bin ich sicher«, Dracula versuchte, nicht ungeduldig zu klingen. Zwischenfragen schätzte er nicht.

Nicht einmal dann, wenn sie von Schneider kamen.

»Die Messerstiche sind nicht sehr tief, aber das müssen wir natürlich noch genauer anschauen.«

Dracula blickte zu Schneider auf, der den Toten hochkonzentriert betrachtete.

Dracula wandte sich wieder dem Leichnam zu: »Den Abdrücken am Hals nach zu urteilen, war der Tote noch ein bisschen lebendig, als er da oben hingehängt wurde.«

»Hm«, machte Schneider.

»Meine Mutter haut auf die Fliegen in der Küche auch immer mehrmals mit der Klatsche drauf, um sicher zu sein, dass sie nicht wieder auferstehen«, bemerkte Katja.

Schneider verdrehte die Augen und ging zu Lisa. Dracula dachte sich, dass Katja zwar wirklich sehr, sehr intelligent, sozial und emotional gesehen allerdings doch eher die Inkompetenz in Person war. Dazu war sie schlichtweg kein bisschen hübsch anzuschauen. Pummelig, teigig, kurze Haare, Brille … irgendwie ging ihr all das ab, was Schneiders neue Partnerin Lisa im Überfluss hatte. Sehr zu Draculas Leidwesen war er leider zu alt für Lisa. Und zu unsportlich.

»War sicher einer von der Familie«, mutmasste Katja.

»Wie kommen Sie denn darauf?«, fragte Dracula interessiert und schob seine dunklen Haare aus der Stirn.

»Naja, Familien sind ja per se Horte allen Schreckens«, antwortete Katja, während Draculas Augenbrauen sich gen Sonne bewegten, »und so viel Hass, dass man jemanden gleich mehrmals umbringt, das gibt es nur in Familien.«

»Aha«, murmelte Dracula, »interessant.« Von nichts kommt nichts, lag ihm auf der Zunge, doch da er ein wohlerzogener Mensch war, behielt der das für sich. Katja war für einen Psychoanalytiker sicher ein gefundenes Fressen. Nun, demnächst würde er einen neuen Assistenten haben. Katja hatte gekündigt und würde bald Chefin eines grösseren gerichtsmedizinischen Instituts werden. Fachlich war sie absolut geeignet. Und menschlich? Nicht sein Problem, befand er und begann den Toten für den Transport vorzubereiten.

Bevor er mit seinem Team und dem Toten

im Schlepptau die Gärtnerei verliess, ging er noch kurz zu Schneider und Lisa. Die beiden standen in einer Ecke des Gewächshauses und sprachen mit den sichtlich schockierten – nun ehemaligen – Mitarbeitern des Toten.

»Kommt ihr trotzdem heute Abend?«, erkundigte sich Dracula.

»Klar«, antwortete Lisa und strahlte ihn an, »ich freue mich sehr darauf, deine Mutter kennenzulernen.«

»Sicher«, sagte Schneider und drückte ihm kurz die Hand. Dracula ging zu seinem Wagen zurück. Auf dem Weg prüfte er kurz, ob seine Mittelhandknochen noch alle dort waren, wo die Evolution sie ursprünglich einmal hingeplant hatte. Schneiders Händedruck glich eher einem Wrestling Griff denn einer freundschaftlichen Verabschiedung.

IV

Katja irrte seit fast einer Viertelstunde auf der Suche nach ihrem Auto durch die Strassen ihres Wohnviertels. Die Augen halb geöffnet, die Jeans nicht ganz geschlossen, das T-Shirt auf links und das Hirn noch nicht auf Betriebstemperatur. Ganz sicher hatte sie ihr Auto doch gestern da bei dem weissgrauen Elektrokasten mit dem unleserlichen Graffiti geparkt. Zumindest fast ganz sicher.

Oder eher doch nicht, denn da stand jetzt ein schwarzer Porsche und der gehörte ganz bestimmt nicht ihr. Vielleicht war ihr Auto am Eingang des Parks. Ganze zwei Minuten lang war Katja davon fest überzeugt. Aber dort hockten lediglich ein paar Junkies. Diese starrten Katja mit glasigen Augen an, und sie machte, dass sie weiterkam, wohlwissend, dass sie mindestens einen von denen bald auf ihrem Tisch haben würde, denn erfahrungsgemäss wurden Junkies nicht besonders alt.

»Verdammt, verdammt«, fluchte sie vor

sich hin, während sie über Bordsteine und Gullideckel stolperte. Einige Minuten später tauchte ihr Auto doch noch auf. Der kleine Schlingel war da in einer Parklücke, wo sie ihn gestern Abend doch gar nicht hingestellt hatte, und tat so, als wäre nichts. Katja seufzte und fuhr sich durchs Gesicht. Sie war einfach kein Morgenmensch.

Ausserdem hatte sie eigentlich andere Sorgen als zu irgendeinem Idioten zu fahren, der es geschafft hatte, sich umbringen zu lassen: Tarantella, ihre geliebte Vogelspinne, war gestern Abend in ihrem Terrarium von einem Kletterast gefallen, und hatte sich am Hinterleib verletzt. Sozusagen der Vogelspinnen-Super-GAU. Panisch um Tarantella bangend musste sie heute irgendwie noch die Zeit finden, mit ihr zum Tierarzt zu gehen.

Der Tote war immerhin kreativ gestorben und hing sicherlich schon ein oder zwei Tage unter der Decke. In dem feuchtwarmen Klima des Gewächshauses hatten sich reihenweise Schmeissfliegen und andere Insekten an dem Körper gepaart und ihre Eier hinterlassen. Ein Eldorado für Katja, die mit Leidenschaft die einzelnen Entwicklungsstufen ebendieser Insekten erforschte. Forensische Entomologie hiess dieses Gebiet, auf dem sie auch promoviert hatte. Katja mochte ihre Maden und Würmer, denn denen war es nicht wichtig, wie sie aussah, was sie sagte oder ob sie gute oder schlechte Laune hatte. Auch Tarantella legte da nicht so hohe Massstäbe an. Katja seufzte, als sie an sie dachte. Doch der Tote und die sich darauf befindenden Maden liessen sie die Sorgen für den Moment vergessen und der Morgen war plötzlich nicht mehr ganz so furchtbar.

Supermann Schneider war auch schon da, zusammen mit seiner Supermodel-Assistentin. Schneider war der Prototyp des Anti-Manns für Katja. Sportlich, diszipliniert und absolut unnahbar. Definitiv jede Menge Arschlochpotenzial. Er hatte einige Erfolge als Ermittler vorzuweisen, seine fachlichen Qualifikationen standen ausser Frage. Seine zwei gescheiterten Ehen und diese eigenartige Freundschaft zu ihrem seltsamen Chef liessen Katja allerdings an seinem Verstand zweifeln. Humor hatte er auch keinen. Und seine neue Partnerin war geradezu prädestiniert, Hassobjekt aller Frauen zu sein: gross, schlank, blond und bildschön. Selbst zu dieser horrormässig frühen Stunde sah sie besser aus, als jedes bildbearbeitete Supermodel. Und – ach – sie hatte so ein gutes Herz. War ganz blass, als sie den Toten sah. Katja konnte es sich nicht verkneifen, ihr mit den Maden unter der Nase herumzuwedeln. Kurz, bevor Barbie kotzen musste, rettete ihr Chef die holde Maid. Warum dieses zarte, langweilige Wesen diesen knallharten Job gewählt hatte, war Katja ein Rätsel.

Der Tote allerdings, der war sehr interessant. Ertränkt, erstochen und erhängt. Da hatte jemand ganz sichergehen wollen. Katja musste an ihre Mutter denken, die, einer Furie gleich, mit einer grünen Plastikfliegenklatsche durch die Küche getobt war, um Fliegen plattzuschlagen. Mehrfach.

»Stirb, du Scheissvieh«, hatte sie dabei immer gebrüllt.

Katja und ihre Geschwister waren immer völlig fasziniert gewesen von dem Spektakel, bei dem mehr als einmal Geschirr und Gläser zu Bruch gegangen waren.

Ihre diesbezügliche Bemerkung kam nicht gut an. Supermann verkrümelte sich, und ihr

Chef ... seine Miene sprach Bände. Humorlose Idioten. Auch dass sie den Täter im Familienkreis vermutete, wurde mit Stirnrunzeln bedacht. Dabei sprachen die Statistiken dafür. Es war eine Tatsache, dass die meisten Gewaltdelikte im nächsten Umfeld einer Person stattfanden. Man hasst niemanden so intensiv wie jemanden, der einem nahesteht. Oder nahestehen sollte. Familienmitglieder kannten immer die Schwachstellen des jeweils anderen und nutzten das auch schamlos aus. Das konnte man jedes Weihnachten beobachten: Die Mord- und Selbstmordraten stiegen, die Scheidungsraten auch und an ihre eigene Familie wollte Katja gar nicht denken.

Als ihr auffiel, dass ihr Chef sie musterte, als habe er gerade eine Freud'sche Analyse erstellt, die ziemlich sicher zu ihrem Nachteil ausgefallen war, tütete sie demonstrativ weitere Maden ein. Er hatte keine Ahnung. Er lebte mit dieser durchgeknallten Künstlermutter und deren fetten Kater zusammen, und ausser gelegentlichen Frauenbekanntschaften ging er sozialen Bindungen aus dem Weg. Wobei er ja Schneider und Lisa zu seiner Geburtstagsfeier am Abend eingeladen hatte.

Sie, Katja, nicht. Offiziell wusste Katja nichts von der Feier, aber in dem Institut wurde genug getratscht und geklatscht, und so hatte sie mitbekommen, dass alle Mitarbeiter, sie ausgenommen, eingeladen waren. Sie wäre aber auch mit Einladung nicht gekommen.

V

Wer hat ihn denn gefunden?«, liess Schneider seine Schneiderstimme ertönen. Ein kleiner, sehr dünner Mann wurde nach vorne geschoben. Schwarze Haare, schwarze Augen, Haut wie Milchkaffee. Schneider seufzte. »Sprechen Sie Deutsch?«

Der Mann nickte. Seine Hände zitterten. Schneider schloss daraus, dass ein Gespräch mit einem Polizisten für ihn noch schlimmer war als ein toter Chef am frühen Morgen.

»Können wir irgendwo reden?«, fragte Schneider in die Runde, und der nicht ganz schlanke Vorarbeiter wies Schneider, Lisa und dem Männlein den Weg in ein Büro neben den Gewächshäusern. Der Raum war eher spartanisch eingerichtet, die Möbel sahen aus wie vom Sperrmüll und es roch dort auch nicht besser als in dem Gewächshaus, in dem der Tote vor sich hin verweste. Schneider konnte sich nicht vorstellen, dass man so arbeiten konnte.

»Wessen Büro ist das denn?«, wollte er vom Vorarbeiter wissen.

»Da arbeitet, wenn er denn arbeitet, der Bruder von Herrn Berg. Er ist hier Geschäftsführer«, war die Antwort, die Schneiders Hirnwindungen in Schwung brachte. Der Bruder von Herrn Berg hatte offenbar keinen Namen, zumindest keinen, der dem Vorarbeiter erwähnenswert schien. Und das, obwohl er wohl auch so etwas wie ein Vorgesetzter sein musste. Allerdings liessen schon Interieur und Geruch des Büros darauf schliessen, dass dem Geschäftsführer keine grosse Bedeutung beigemessen wurde.

»Wo ist denn der Bruder von Herrn Berg?« Schneider realisierte, dass sein Tonfall als etwas unfreundlich wahrgenommen werden könnte, aber er musste ja auch nicht freundlich sein. Das war das Gute an seinem Job.

Das dürre Männlein wurde auf einen Stuhl verwiesen und Lisa wagte sich auf einen nicht ganz sauberen Schemel an dem nicht ganz sauberen und sehr wackeligen Tisch. Schneider zog es vor, stehenzubleiben. Der Vorarbeiter stellte sich an der Tür auf und verschränkte die Arme oberhalb seines haarigen, weissen Schwabbelbauchs, der sich seinen Weg zwischen T-Shirt und Hose ins Freie bahnte. Offenbar war ihm schon zu dieser frühen Morgenstunde sehr warm, denn auf seinem T-Shirt machten sich die ersten Schweissflecken breit. Mit dem Blick des fiesen Ausbeuters starrte er das Männlein nieder. Das kroch in sich zusammen und wäre wohl am liebsten im nächsten Mauseloch verschwunden. Dumm nur, dass da gerade kein Mauseloch war. Schneider schwoll endgültig der Kamm: »Würden Sie uns bitte alleine lassen?« Wie eine Bitte klang das allerdings nicht.

Der Vorarbeiter zögerte. »Der kann nicht richtig Deutsch«, wandte er ein.

»So, und Sie können was? Pakistanisch? Afghanisch? Oder wo auch immer der Mann herkommt?!« Schneider trommelte mit seinen Fingern ungeduldig auf der Tischplatte herum. Der Typ war einfach ätzend.

»Ich mein ja nur …«

»Ihre Meinung höre ich mir gerne später an, danke.« Schneider funkelte den Vorarbeiter mit seinem Mach-dich-vom-Acker-oder-es-setzt-was-Blick aus dem Raum hinaus.

Lisas Blick konnte Schneider entnehmen, dass sie ihn für einen ungehobelten Klotz hielt. Sie enthielt sich allerdings eines Kommentars und wandte sich dem Männlein zu.

»Wie heissen Sie denn?« Lisa lächelte den Mann freundlich an.

»Amir.«

»Und wie weiter? Haben Sie einen Ausweis dabei?«

Jetzt zitterten nicht nur Amirs Hände. Sein ganzer Körper bebte, als habe man ihn an Schwachstrom angeschlossen. Sein Blick hetzte zum Fenster hin, an dem Schneider stand, und zur Tür hinter der, so vermutete Schneider, der Vorarbeiter lauerte.

»Lisa, lass den Quatsch«, sagte Schneider, »das ist ein Illegaler.«

Lisa starrte ihn an, wie Barbie wohl Ken angestarrt hätte, hätte er ihr gestanden, schon immer auf Jungs gestanden zu haben.

»Wie, ein Illegaler?«

Schneider seufzte. »Schau Lisa, die Welt ist schlecht. Und die Gärtnerei hier ist noch ein bisschen schlechter. Amir ist wahrscheinlich nicht der einzige Illegale, die haben hier, wie ich auf den ersten Blick durchgezählt habe, mindestens fünf davon.«

»Aber ...«, stotterte Lisa entgeistert los, »dann müssen wir das melden.«

»Nicht melden! Nicht melden!«, rief Amir panisch dazwischen. Seine Augen flackerten hin und her und nach hinten zur Tür. Offenbar versuchte er gerade, sich das dringend benötigte Mauseloch zu hexen.

»Wir müssen gar nichts«, beschied Schneider Lisa kurz. »Wir müssen einen Mord aufklären. Nur dafür sind wir zuständig. Und unser Freund Amir hier«, er klopfte dem Mann auf die Schulter, »der wird uns sicher gerne sagen, was er gesehen hat.« Stille. Schneider hoffte, dass Lisa nicht herumzicken und damit die Ermittlungen gefährden würde.

Lisa versuchte, sich zu sammeln. Da sass ein Mann, der hier eigentlich nichts zu suchen hatte. Der wahrscheinlich weder Aufenthaltsbewilligung noch Arbeitserlaubnis hatte. Es war also falsch, dass er hier war. Ausserdem wurde er mit grösster Wahrscheinlichkeit von seinem Arbeitgeber ausgebeutet. Auch das war falsch. Doch Schneider hatte recht: Nicht alles Übel dieser Welt war ihr Problem.

Sie hatten lediglich einen Mörder zu finden. Und einer, der einen Menschen auf so furchtbare Art und Weise umgebracht hatte, war wohl der üblere Typ als einer, der sich mit der Hoffnung auf ein besseres Leben illegal in einem Land aufhielt. Sie schaute Schneider an, der da mit verschränkten Armen und zerfurchter Stirn am Fenster lehnte. Es war davon auszugehen, dass er wusste, was er tat. Sie nahm also ihr Diktiergerät, löschte den vorangegangen Teil der Unterhaltung und lächelte Amir wieder freundlich an.

Vielleicht war Lisa doch nicht ganz so untauglich, wie Schneider zu Beginn vermutet hatte. Sie schien immerhin etwas formbar zu sein.

Amir entspannte sich währenddessen sichtlich und lächelte vorsichtig zurück. Offenbar fand er Gefallen an Lisa. Wäre er ein zu befragender Zeuge, würde Schneider Lisa wohl auch sympathischer finden als sich selbst. Amir sollte es besser geniessen, dass Lisa so nett war. Wenn er nicht spurte, würde Schneider vielleicht doch noch verpetzen

»Also Amir«, forderte Schneider den Zeugen mit seinem, immer sehr wirksamen, du-sagst-

mir-jetzt-die-Wahrheit-oder-ich-reiss-dir-den-
Arsch- auf-Unterton auf. »Dann erzähl mal.«

Amir seufzte gequält auf. Und Schneider
mutmasste, dass Amir sich bereits selbst ver-
fluchte, dass er den toten Chef beim Vorarbeiter gemeldet hatte, anstatt einfach so zu tun,
als habe er nichts und niemanden gesehen.

»Ich heute Morgen gekommen in Gärtnerei.« »Um wie viel Uhr?«

»Wir fangen an um 5.«

Das wäre sogar für Schneider zu früh.

»Nur so aus Neugier: Wann hört ihr denn
auf am Abend?« »Um acht.«

Schneider schüttelte den Kopf und Lisa
schaute Amir mitleidig an.

»Also, um 5. Und dann hast du den Toten
gerade gesehen?«

»Nein. Ich bin erst durch anderes Haus gegangen. Und dann in dieses. Es ist nicht jedes
Haus jeden Tag dran. Und heute war jemand
anderes für Haus eingeteilt.«

»Das mit dem Toten?«

»Ja, genau. Aber der andere nicht da und so
bin ich in Haus gegangen.«

»Wo war denn derjenige, der eigentlich zuständig war?«

»Ich weiss nicht. Er kommt oft spät.«

Den musste Schneider sich nachher gerade greifen.

»Okay, und wie weiter?«

»Ja, und dann hing da Chef. An Decke. Hat sich da einfach aufgehängt.«

»Glauben Sie, dass er sich umgebracht hat?«, fragte Lisa. Amir zuckte mit den Schultern.

»Weiss nicht. Aber hing da und daneben lag Leiter. Viel

Streit in Familie. Vielleicht genug von allem.«

»Wer hat denn mit ihm gestritten?«, wollte Schneider wissen.

»Ach, alle miteinander. Er mit Bruder. Mit Frau. Mit Mutter. Mit Angestellten. Mit allen. War oft sehr wütend wegen kleine Sachen. Hat sich furchtbar aufgeregt dann. Dann war wieder traurig, oft.«

Dabei rollte Amir mit den Augen und gestikulierte mit den Händen wie ein orientalischer Dattelhändler. Schneider amüsierte sich und auch Lisas Mundwinkel zuckten. Amir schien ein Talent als Komiker zu haben.

»Haben Sie denn ab und zu mit ihm geredet?«, erkundigte sich Lisa.

»Selten, sehr selten. Ich bin ihm auch aus dem Weg gegangen. Er war kein netter Mensch. Wurde schnell wütend. Er war kaputt.«

»Kaputt?«

»Ja eben, so einer, dem man nicht kann helfen. Hat alles was man braucht auf Welt. Haus, Geld, Frau, Kinder und trotzdem unglücklich. Ein Mensch, in sich selbst unglücklich. Kaputt eben. Kaputt in Kopf. Kaputt in Herz.«

Amir tippte sich mit der Rechten an die Stirn und dann mit der Linken an die Brust. Schneider mutmasste, dass Amir der Ansicht war, sein Chef habe einen Dachschaden gehabt. So dachten aber wohl ohnehin die meisten Angestellten über ihren jeweiligen Chef. Vor allem dann, wenn sie keinerlei Rechte besassen.

»Sie sind nicht näher an den Toten herangegangen?«

»Nein. Ich wusste, dass er ist tot. Was soll ich? Am Ende heisst es, Amir ihn umgebracht oder so was. Ich bin zu Vorarbeiter und habe ihm erzählt. Der hat dann Polizei gerufen.«

Lisa legte ihr Gesicht in mitleidige Falten:

»Das war auch kein schöner Anblick, der Tote. Es hat Sie sicher erschreckt, oder?«

Schneider zog die Augenbrauen hoch und Amir schaute Lisa an. Da sass er nun, der Flüchtling, der sich ins Paradies vorgekämpft hatte. Allerdings fragte sich Schneider, wie wohl Amirs privates Paradies nun wirklich aussehen mochte. In der Gärtnerei schien man mit den Angestellten ja nicht gerade pfleglich umzugehen.

Amir verzog die Lippen zu einem dünnen Lächeln. »Glauben Sie mir, Frau Polizistin, ich schon viel schlimmere Sachen gesehen. Viel Schlimmere.«

Schneider nickte und tätschelte Amir kurz den Rücken. »Das glaub ich dir, mein Freund, das glaub ich dir.«

Mit Schneiders Segen verliess Amir den Raum.

»Und jetzt?« Lisa war unsicher. »Was machen wir mit seiner Aussage, so ohne Papiere?«

Schneider verschränkte die Arme.

»Trag den Namen vom Vorarbeiter ein. Der wird sicher nicht widersprechen.«

»Aber das atimmt doch so gar nicht!«, entsetzte sich Lisa.

»Na und?«, Schneider zuckte mit den Schultern.

»Ist doch völlig egal. Wir wissen nun, was wir wissen wollten, und das ist genug.«

Lisas irritiertes Gesicht ignorierte er dabei geflissentlich. Er arbeitete eben nicht immer nach Dienstprotokoll. Das tat niemand, der schon länger bei der Polizei war, und auch Lisa würde sich irgendwann daran gewöhnen. Falls sie so lange durchhielt.

VI

So, dann werden wir mal Napoleon befragen«, sagte Schneider.

»Napoleon?«, fragte Lisa erstaunt, »wen meinst du damit?«

Schneider sah sie an, wie man eben ein dummes kleines Kind, das nichts kann und nichts weiss, anschaut.

»Kennst du denn nicht den *Aufstand der Tiere* von John Halas?«

»Äh, nein ...«

Lisa fühlte sich einmal mehr in Schneiders Gegenwart etwas minderwertig. Wovon redete er überhaupt?

»Der *Aufstand der Tiere* ist ein Zeichentrickfilm aus den 50er Jahren des letzten Jahrhunderts«, dozierte ihr Partner mit einem Hauch von überlegener Allwissenheit. »In dem Film setzen die Tiere eines Bauernhofs den Bauern ab und übernehmen selbst die Herrschaft. Dabei wird dann aber irgendwann aus dem ursprünglichen Gemeinschaftsprojekt der Tiere eine Diktatur der Gewalt, die von zwei

Schweinen geführt wird. Das eine heisst Napoleon und sieht unserem Vorarbeiter hier zum Verwechseln ähnlich. Ist eine Parabel auf die Geschichte der Sowjetunion zur Zeit der Machtübernahme Stalins.«

Schneider zog die Mundwinkel bis an die Ohren. Er fand sich wohl einfach obercool. Lisa verdrehte die Augen. Warum nur musste Schneider ihr das jetzt auftischen? Geschichte hatte sie nie interessiert. Filme auch nicht. Eric hatte sie neulich genötigt, mit ihm *Matrix* zu schauen. Da hatte er ihr auch die ganze Zeit was von Parabeln und Bedeutungen erzählt. Lisa hatte einfach den Neo mit seiner Sonnenbrille scharf gefunden, die Story hingegen nicht wirklich verfolgt. Es war sowieso immer das Gleiche: ein paar böse Bösewichte und ein mehr oder weniger guter Held, der vor allem dann ein guter Held war, wenn er möglichst viele böse Bösewichte umbrachte. Sie presste die Lippen zusammen. Aber ... irgendwie stimmte da doch was nicht, hier war ganz klar ein Fehler in der Matrix: So eine Intellektualattacke passte gar nicht zu Schneider. Der las in der Pause nie etwas anderes als die Fussballnachrichten. Und soweit sie wusste, ging er auch keinerlei schlauen Freizeitbeschäftigung nach.

»Woher kennst du den Film?«, erkundigte sie sich darum vorsichtig.

Schneider schrumpfte etwas zusammen.

»Hab ihn mit Dracula gesehen, vor ein paar Jahren«, gab er etwas kleinlaut und mit so etwas ähnlichem wie einem schuldbewussten Blick zu.

Aha. Also kein Fehler in der Matrix. Lisa grinste.

Schneider rief nach Napoleon, der bereits keuchend und schwitzend vor der Tür stand, allerdings so tat, als sei er gerade erst angelaufen gekommen. Sein Bauch wabbelte vor ihm her und die einzelnen Haare auf seiner Wampe kringelten sich über dem Hosenbund. Kein Neo.

»Was hat der Kanake gesagt?!«, wollte Napoleon von Schneider wissen.

Schneider holte tief Luft. Und sah so aus, als würde er überlegen, ob er den Kerl jetzt schon oder erst später in Stücke reissen sollte.

»Wir behandeln unsere Informationen vertraulich«, erwiderte Lisa freundlich, um die Wogen zu glätten.

»Ja, äh, genau«, bestätigte Schneider.

Lisa nahm an, dass Schneider da gerade ein paar sehr unfreundliche Dinge runterschluckte. Napoleon schien in Schneider den Berserker zu wecken. Napoleon grunzte. Er glich tatsächlich einem Schwein, fand Lisa. Allerdings war das den Schweinen gegenüber ungerecht.

Hatte Schneider sich Amir gegenüber noch einigermassen freundlich verhalten, so bekam Napoleon jetzt eine geballte Ladung Schneiderfett weg.

»Hinsetzen«, befahl er.

»Wie wär's mit bitte?!«, ranzte Napoleon.

»Steht heute nicht aufm Menü«, keilte Schneider zurück.

Napoleon liess seine Massen auf den Stuhl fallen, den Amir vorher nur zur Hälfte besetzt hatte. Unter Napoleon brach er fast zusammen. In dem sich nun anschliessenden Verhör hatte Lisa das Gefühl, in einer Testosteronsauna gelandet zu sein. Die beiden Männer schenkten sich nichts. Schneider ging Napoleon heftig an, aber der war ein harter Brocken. Lisa hielt sich da lieber raus, fand dieses Gekeife allerdings echt amüsant. Das musste sie sich für die Gelegenheit merken, bei der es heissen würde, dass Frauen untereinander zickig waren. Die beiden Männer wirkten wie zwei Dickhornschafe, die mit ihren Hörnern ineinander rasselten, bis einer mit Kopfschmerzen das Feld räumen musste. Lisa wusste schon, dass das Napoleon sein würde, denn Schneider war das dickköpfigste Dickhornschaf in diesem Universum.

Die Quintessenz des Hahnenkampfes war: Der Chef sei ein toller Typ gewesen, der mit allen gut ausgekommen wäre und der seine meist undankbaren wie ebenso unfähigen Angestellten gut und fair behandelt habe. Die Gärtnerei liefe hervorragend, obwohl der Chef seinen nichtsnutzigen Bruder als Geschäftsführer eingestellt hätte, und alle immer dessen Fehler hätten ausbügeln müssen. Natürlich hätte es immer wieder Streit zwischen den Brüdern gegeben, was aber die alleinige Schuld des nicht-ermordeten Bruders gewesen wäre, denn der sei einfach dumm und inkompetent. Der Betrieb wäre ohne sie beide – Napoleon und den Chef – schon längstens vor die Hunde gegangen. Auf Schneiders Frage, aus welchem Grund jemand einen so tollen Menschen auf so schreckliche Art umbrächte, hatte Napoleon nur eine vage Antwort. Er redete von Neid, Missgunst und Eifersucht. Aber wer genau neidisch, missgünstig und eifersüchtig gewesen wäre, konnte er nicht sagen.

Zu Lisas grossem Leidwesen schied Napoleon als Täter aus, denn er hatte ein lückenloses Alibi für die letzte Woche.

Er war mit einem Haufen Kumpels auf der Jagd gewesen. Auf Schneiders Einwand hin, dass gerade keine Jagdsaison wäre, antwortete Napoleon ganz stolz, dass sie auf Krähenjagd gewesen wären. Er und seine Killerkumpels hätten hunderte der Tiere erlegt. Die toten Tiere hätten sie neben den Feldern aufgehängt, um andere Krähen daran zu hindern, das Saatgut zu fressen. Spätestens jetzt fand Lisa den Kerl ebenfalls ganz abscheulich. Schneider würgte ihm zum Schluss noch einen rein, dass er Amirs Aussage würde übernehmen müssen. Selbstverständlich würde Napoleon bestätigen, den Toten gefunden zu haben, und das mit Amir, das wäre natürlich eine dumme Geschichte, auf der anderen Seite bräuchte der arme Mann ja auch ein Auskommen.

Als Napoleon den Raum verlassen hatte, geschlagen und gedemütigt, fragte Lisa Schneider: »Müsstest du so jemanden nicht neutral behandeln?«

»Wie – neutral?« Schneider sah sie erstaunt und mit gerunzelter Stirn an. Sein Gesichtsausdruck sprach Bände: Sie als Anfängerin hatte nichts zu wollen, zu fragen oder zu sagen.

»Naja, man hat von Anfang an gemerkt, dass er dir nicht sympathisch ist. Und das ist noch nett formuliert,« gab Lisa so schnell nicht auf. Schneider musste gar nicht auf den Gedanken kommen, sie sei hier nur Staffage.

»Nee, der ist mir nicht sympathisch«, sagte Schneider. »Ich werd hier aber auch nicht fürs Nettsein bezahlt.«

»Aber manchmal erfährt man mehr von einem Verdächtigen, wenn man nett ist,« beharrte Lisa tapfer.

»Von dem nicht«, entgegnete Schneider. »Das ist so ein Typ, der einen erst dann wirklich ernst nimmt, wenn man ihm den Kieferknochen bricht. Ist ja leider verboten.« Schneiders unglücklicher Blick liess Lisa grübeln, ob Schneider nicht eventuell in einem nordkoreanischen Arbeitslager als Aufseher besser aufgehoben wäre. Sie seufzte. Allerdings ... fürs Krähen Töten hätte sie Napoleon sehr gerne eigenhändig den Kieferknochen gebrochen.

VII

Im Verlauf der nächsten Stunden fragten sich Lisa und Schneider durch die Angestellten durch. Das Bild, das sie dabei von dem Toten bekamen, unterschied sich doch recht stark von dem, welches Napoleon zu vermitteln versucht hatte. Unisono hiess es, der Chef sei ein fürchterlicher Tyrann gewesen, ein geldgeiler Sklaventreiber, ein Choleriker und so weiter und so fort. Seine Angestellten habe er wie Dreck behandelt, ebenfalls seinen Bruder, den die Eltern genötigt hätten, Geschäftsführer zu werden. In den Berichten war von körperlichen Attacken bis hin zu sexueller Belästigung alles dabei.

Lisa stellten sich die Nackenhaare auf. So ein Chef war ein echter Albtraum, daneben war ein Partner wie Schneider schon fast ein Lottogewinn. Der hasste zwar alles und jeden, sie ganz besonders, aber immerhin behielt er seine Finger bei sich.

Letzten Endes hatten alle den Toten verabscheut und wirklich traurig war niemand, obwohl die Leute unisono zugaben, dass es natürlich schon schlimm wäre, so im Gewächshaus unter der Decke zu hängen, das sei sicher. Einer der Arbeiter bemerkte aber schliesslich: »Irgendwann kriegt halt jeder, was er verdient.« Würde man diese Aussagen zum Motiv stilisieren, kamen eigentlich fast alle in Frage. Ob aber schlechte Arbeitsbedingungen ausreichten, um jemanden so zuzurichten?

Schneider liess Lisa wissen, dass der Täter ohnehin nicht unter den Angestellten zu finden sein würde. Woher er diese Erkenntnis nahm, erklärte er allerdings nicht. Warum sie dann trotzdem alle Mitarbeiter in die Mangel nahmen, auch nicht. Lisa war irgendwann ohnehin alles egal, denn sie brauchte etwas zu essen und das sofort. Schneider erbarmte sich ihrer, und so fuhren sie in ein nahegelegenes Restaurant. Schneider nahm »Schnipo« und Lisa bekam einen Teller Kartoffeln vorgesetzt, weil man im Dorfrestaurant nicht wusste, was sie dieser komischen Frau, die kein Fleisch und keinen Fisch wollte, sonst anbieten sollte.

»Schon schlimm, wenn einen alle so has-

sen«, sagte Lisa irgendwann, um die gefräs-
sige Stille zu unterbrechen. Sie fühlte sich
sehr unwohl neben einem schweigenden
Schneider. Am Ende hing er irgendwelchen
bösartigen, ihr gewidmeten, Gedanken nach.

»Naja, er hat ja auch einiges dafür getan«,
nuschelte Schneider, wie ein Hamster auf
dem zähen Schnitzel herumkauend.

»Wer seine Angestellten von früh bis spät
anschreit und die Frauen betatscht, muss
sich nicht wundern, wenn er irgendwann die
Quittung dafür kriegt.«

»Du hast kein Mitleid?«

»Nö. Ist aber auch nicht mein Job. Ich muss
nur den Täter finden.«

»Oder die Täterin.«

»Das war ein Mann.«

»Woher willst du das wissen?«, wunderte
sich Lisa. »Auch Frauen morden.«

»Aber nicht so. So mordet nur ein Mann.«
»Weil Frauen nicht so brutal sind?«

»Oh«, lachte Schneider. Wobei sein Lachen
den verbitterten Defaitismus eines Todeskan-
didaten hatte, der sich freut, dass sein Hen-
ker die richtige Vene getroffen hat. Nicht so
richtig fröhlich. »Frauen SIND brutal. Grau-

sam, manipulativ, habgierig und zickig. Und sicher, morden tun sie auch. Aber anders. Die meisten Frauen, die ich bisher des Mordes überführt habe, hatten ihre Opfer vergiftet.«

Lisa musste ihm recht geben. Zumindest, was das Gift betraf. Schneiders Frauenbild allerdings, das war was für den Seelenklempner.

VIII

Der Tag war lang und anstrengend gewesen, trotzdem war Draculas Geburtstagsparty natürlich wichtiger als jedes Schlafbedürfnis. Schneider nahm an, dass Lisa so etwas wie einen Schönheitsschlaf sowieso nicht nötig hatte, und für ihn lohnte es sich meist gar nicht, überhaupt ins Bett zu gehen, da er ohnehin sehr schlecht schlief.

Lisa fuhr und Schneider bereute schon die mit ihr getroffene Abmachung: Sie würde an diesem Abend das »Fahrschloch« machen und er den Mund halten, wenn sie am Steuer sass. Lisa fand zwar, er solle nicht so einen Wind um seine Fahrkünste machen, aber er empfand das als echte Zumutung, da Lisas Fahrstil, nun ja vorsichtig ausgedrückt, ziemlich defensiv war. Frauen nicht reinzureden im Allgemeinen und beim Fahren im Besonderen, war keine seiner Stärken. Mit seiner ersten Frau hatte er sich nonstop gezankt, wenn sie am Steuer sass, und seine zweite Frau hatte sich von Anfang an geweigert, auch nur einen Meter zu fahren, wenn er dabei war. Jetzt war also Klappe halten angesagt. HARGH!!! Schwierig. Allein schon, wie Lisa schaltete. Ihr Macker hätte ihr wenigstens einen Wagen mit Automatikgetriebe kaufen können, dann müsste er jetzt weniger leiden. Auf der Rückfahrt, nach dem zehnten Bier, würde er das vielleicht lockerer sehen. Wobei Dracula meist nur Rotwein auftischte. Dracula war schliesslich intellektuell. Zusätzlich war Schneider staturmässig genauso wenig Mini-kompatibel wie Lisa. Also hockten beide mit den Knien an den Ohren in dem schicken Auto.

Aber aller Horror nimmt irgendwann ein Ende und so auch dieser. Lisa und Schneider stiegen bei Draculas Schloss aus, so nannte Schneider immer das Anwesen, denn immerhin hatte das riesige Haus einen Turm mit Zinnen. Draculas Mutter hatte den Kasten von ihrem Grossvater geerbt, ihn mit viel Geld modernisiert und umgebaut.

»Oh, das sieht aber toll aus«, schwärmte Lisa. Schneiders Mundwinkel zuckten spöttisch ob Lisas kindlicher Begeisterung.

In dem parkähnlichen Garten, der das Haus umgab, wuchsen hohe, dunkle Bäumen, zwischen denen es kein Sonnenstrahl bis zum Boden schaffte.

»Und die alten Bäume! Wunderschön.« Lisas Augen leuchteten.

»Die wurden schon vor ein paar hundert Jahren gepflanzt, um Dracula tagsüber vor der Sonne zu schützen«, Schneiders Stimme klang todernst.

Da Lisa ihn etwas verwirrt anschaute, half er ihr auf die Sprünge: »Sonst würde er zu Staub zerfallen«, und Lisa kicherte los.

Mirja kam ihnen schon in der Auffahrt entgegen, barfuss, in einem langen, schwarzen Flatterkleid mit Flamingostickerei und Arturo im Gefolge. Sie war Bohème pur und somit absoluter Gegensatz zu dem manchmal etwas spiessig wirkenden Dracula.

»Christian!«, rief sie und warf ihre Arme um Schneiders Hals, als sei er Draculas lang verschollener und nun endlich lebend wieder aufgetauchter Zwillingsbruder.

»Mirja«, murmelte er in das aufgetuffte Haardings hinein, das sie immer auf dem Kopf trug. Dabei versuchte er eine gesunde

Distanz zwischen seinen Augäpfeln und ihren riesigen Ohrringen zu halten. Mirjas Überschwänglichkeit war ihm immer eine Nummer zu viel, aber sie war die einzige Frau in diesem Universum, die das durfte. Arturo warf ihm einen verächtlichen Blick zu.

»Das ist Lisa«, stellte Schneider seine neue Partnerin vor und Mirja schüttelte ihr begeistert die Hand.

»Ich freue mich so sehr, dich endlich kennenzulernen. Drago hat mir schon so viel von dir erzählt, ach, ich bin ganz entzückt ...«, sprudelte es aus ihr heraus. Lisa freute sich sichtlich über den warmherzigen Empfang.

»Wie heisst denn dieser wunderschöne Kater?«, fragte sie, als Mirja einmal ihren Wortschwall kurz zum Luftholen unterbrechen musste.

»Das ist mein lieber Arturo«, lachte Mirja.

Schneider wollte Lisa noch vor dem kratzbürstigen Killerkater warnen, aber es war schon zu spät. Sie hockte sich zu dem Tier herunter und sprach leise mit ihm. Offenbar fand sie dabei die richtigen Worte, denn Arturo, der schon mehr als einen Besucher angefallen hatte, rieb seinen Kopf an Lisas Händen, ihren Schenkeln und stieg ihr schliesslich auf den Schoss, um sich auch noch an ihrem Hals zu reiben. Scheissvieh, dachte Schneider. Aber Geschmack hatte der Kater. Obwohl Lisa jetzt schon seit einigen Wochen mit ihm zusammenarbeitete, war Schneider immer wieder erstaunt, wie makellos schön sie war. Dazu noch klug und warmherzig. Trotz intensiver Suche hatte er noch keinen Fehler an ihr entdecken können. Ausser, dass sie eine Frau war. Und dass sie nicht Auto fahren konnte. Der blöde Kater liess sich sogar von ihr auf den Arm nehmen.

Freundlicherweise hatte Dracula Bier besorgt und auch etwas Anständiges zu essen. Seine Mutter duldete normalerweise kein Fleisch im Haus, aber heute war wohl eine Ausnahme. Schneider überreichte Dracula eine, wie er fand, viel zu teure Flasche roten Weines. Dracula bedankte sich so überschwänglich, dass Schneider klar war, dass die Flasche höchstens zum Kochen verwendet werden würde. Wenn überhaupt. Lisa konnte mit ihrem Gedichtband, den sie in einem Antiquariat aufgegabelt hatte, schon eher punkten. Schneider war sich aber ohnehin sicher, dass sie Dracula auch einen Haufen Katzenscheisse hätte schenken können, denn Dracula bekam immer so einen glänzenden Blick, wenn er Lisa sah. Dabei war er noch mal zwei Jahre älter als Schneider. Alte Männer ... Schneider verdrehte kurz die Augen.

Sie gingen alle zusammen über die grosse Freitreppe ins Haus. Innendrin entsprach es ganz Mira, der exzentrischen Künstlerin. Wuchtige Kronleuchter hingen von den hohen, stuckverzierten Decken. Die dicken Teppiche und ausladenden Samtsofas wären gemütlich gewesen, hätten sie nur nicht so eine furchtbar exklusive und sauteure Atmosphäre vermittelt. So machte sich jeder Gast Sorgen, es sich mit einem Rotweinfleck auf ewig mit den Mihaljovics zu verscherzen. Mirjas Drachen hatten für den dafür nötigen Geldfluss gesorgt.

Lisa bewunderte die beiden grossen Bilder, die in der Eingangshalle hingen. Schneider sah nur schwarzweisses Gekleckse, aber Lisa hatte da offenbar andere Assoziationen: »Fantastisch«, strahlte sie und liess sich von Mirja erklären, wann sie beim Malen welche

Eingebung gehabt hatte. Schneider wollte sich schon zu Tode gelangweilt abseilen, da machte ihn eine Bemerkung Lisas stutzig.

»Mein Bruder hatte auch Kunst studiert und gemalt«, entschlüpfte es ihr. Schneider runzelte die Stirn. Da war doch was faul. Als Schneider sie zu Beginn ihres Kennenlernens nämlich nach Geschwistern gefragt hatte, hatte Lisa behauptet, ein Einzelkind zu sein.

»Oh, wie heisst denn dein Bruder?«, wollte Mirja wissen, »Vielleicht kenne ich ja den Namen.«

»Mein Bruder ist vor ein paar Jahren gestorben«, erwiderte Lisa nach einer Pause, in der sie wohl überlegt hatte, wie sie sich da rausreden sollte. Ihr war wohl auch plötzlich in den Sinn gekommen, dass sie Schneider etwas anderes erzählt und er sie nun beim Lügen erwischt hatte. Auf dem Weg in den Garten hätte er Lisa liebend gerne ausgequetscht, aber sie wirkte so verkrampft und abwehrend, dass Schneider den Mund hielt. So unsensibel war er dann doch wieder nicht.

Der Gartenpavillon war geschmückt mit Blumen und weissen Girlanden, alles wie immer sehr stilvoll und edel. Für Schneider hätte es auch ein Bierzelt getan, aber mit einem Seitenblick auf Lisa stellte er fest, dass diese den Aufwand durchaus schätzte.

Trotz des ganzen Tamtams fühlte sich Schneider immer wohl bei Mirja und Dracula, denn sie hatten beide immerhin einen natürlichen Umgang mit all dem teuren Nippes. Im Pavillon trafen Schneider und Lisa auf einige Mitarbeiter aus verschiedenen Abteilungen der Dienststelle. Dracula hatte, frei von Berührungsängsten, querbeet eingeladen. Nur Renfield war nicht dabei.

»Die wäre ohnehin nicht gekommen und so habe ich mir die Mühe erspart«, beantwortete Dracula Schneiders diesbezügliche Frage.

Schneider bemerkte, dass Lisa den Leiter des Drogendezernats besonders herzlich begrüsste. Auf der einen Seite erstaunte ihn das ein wenig, denn Lisa hatte diesen Muskelfreund und das wohl schon seit dem Kindergarten. Ein echter Vollhorst. Als er ihn das erste Mal sah – das musste direkt in Lisas erster Arbeitswoche gewesen sein - hatte der Typ bei Schneider sein Revier markiert. Hatte überdeutlich darauf hingewiesen, dass Lisa sein und niemanden anderes Eigentum war. Auf der anderen Seite wunderte Schneider sich über keinerlei menschliche Regungen mehr, dazu hatte er zu viel gesehen und noch mehr gehört. Doch seine Neugier war geweckt und so schlich er sich an die beiden heran. Lisa erzählte gerade von dem Toten im Gewächshaus. Schneider mit einem kurzen Seitenblick registrierend fuhr sie fort: » ... und dann hat Dracula gesagt, dass er gleich dreimal ermordet wurde. Dracula ...« Schneider grinste, denn Dracula stand nun, interessiert Lisas Worten lauschend, direkt neben ihm. Luca, der Drogenhänsel, räusperte sich kurz und Lisa drehte den Kopf. Als sie Dracula sah, fiepte sie kurz vor Schreck und schlug sich die Hände vor den Mund. Supersüss.

»Ooohhh, Entschuldigung ...«, stammelte sie zwischen ihren Händen durch und klimperte hektisch mit ihren Bambiwimpern.

Dracula musterte sie mit strengem Blick und Lisa wand sich verlegen. Dann lachte der Gerichtsmediziner los.

»Meine liebe Lisa, so nennt man mich seit über zwanzig Jahren. Seit dein werter Partner hier«, er klopfte Schneider auf die Schulter, »mir den Namen verpasst hat. Und ich wäre ein ziemlich lausiger Forensiker, wenn ich das nicht schon am übernächsten Tag herausgefunden hätte.« Schneider, Dracula und Luca grinsten, Lisa hingegen stand beschämt da. Ihre Erlösung nahte in Form von Mirja, die fragte, ob Lisa weitere Bilder sehen wolle. Schneider fiel dabei zum wiederholten Male auf, wie gut Lisa andere Leute für sich einnehmen konnte. Ein Lächeln von ihr, und alle waren Wachs in ihren zarten Händen. Alle, ausser Katja. Und ausser ihm. Mirja aber war ganz begeistert von Lisa, hakte sich beim Gehen bei ihr unter und redete auf sie ein. Schneider wandte sich Dracula zu und liess den Drogenhänsel einfach stehen.

»Warum hast du Dracula eigentlich Dracula genannt?«

Lisa hatte die letzten zwei Stunden Mirjas Bilder angeschaut und Arturo abgeknutscht. War durch das riesige Haus gelaufen und hatte sich dabei wohl wie eine Prinzessin gefühlt. Zumindest hatte Schneider diesen Eindruck, da Lisa ihm mit verklärtem Blick von der Grösse und Einzigartigkeit von Draculas Schloss vorgeschwärmt hatte.

Jetzt sass sie neben ihm auf einer der Gar-

tenbänke und verdrückte eine bewundernswert grosse Portion Kartoffelsalat. Also, eigentlich war das irgendein Spezialsalat mit
Schlaunamen aus den kulinarisch bekann-
testen Regionen Europas und so weiter. Dracula hatte das genau erklärt, er war schliesslich Gourmet. Die Kartoffeln stammten von
irgendeiner französischen Insel. Das Olivenöl
hat ein Biobauer in Kroatien hergestellt, der
normalerweise die Hautevolee Europas be-
lieferte. Die Zwiebeln, die waren tatsächlich
aus der Region, allerdings nach Mondphasen
geerntet. Dracula hatte noch weiter erklärt
und ausgeführt, Schneiders Synapsen hatten
beim Dill dann den Dienst verweigert und
waren bei der Herkunft des Schnittlauchs in
ein gnädiges Koma gefallen. Letzten Endes
war es halt doch nur Kartoffelsalat mit Dill
und Schnittlauch. Schneider mochte keinen
Dill. Aber er war zufrieden. Es gab Bier und
Steak. Und Lisa schien keine von den Frauen
zu sein, die ständig auf Diät waren. Das war
doch mal ein sympathischer Zug von ihr.

Ihm fiel sein letztes Date wieder ein. Vor ein
paar Jahren hatte er den vorerst letzten Versuch gestartet, sein ewiges Singledasein zu

beenden und sich zu diesem Zweck auf einem der zahlreichen Online-Portale angemeldet. Die Frau, mit der er sich dann abends in einem Restaurant getroffen hatte, war irgendwie irre gewesen. Drei qualvolle Stunden lang hatte sie sich über Ernährung und Gesundheit ausgelassen, immer wieder penetrant darauf hinweisend, dass Alkohol, Weizen und Zucker des Teufels seien. Sie hatte für teuer Geld Salat, Suppe und Früchte bestellt, von allem nur ein Drittel gegessen und am Laufmeter betont, dass sie nun wirklich nicht so viel essen könne. Die Rechnung hatte sie Schneider grosszügig überlassen und für all die Mühen und Qualen hatte es nicht einmal Sex gegeben.

»Du musst dich halt mal mit einer normalen Frau verabreden«, hatte Peter Schneiders Erzählungen kommentiert.

»Ich habe einfach ein Psychoschnepfenradar«, hatte Schneider erwidert, »bei mir kommen immer die verrücktesten Weiber aus ihren Löchern hervor.« Netterweise hatte Peter dazu nichts gesagt.

Schneider hatte das mit den Frauen also damals aufgegeben. Und jetzt? Jetzt musste er mit einer zusammenarbeiten.

»Tja, warum ...«, er liess sich mit der Antwort einen Moment Zeit. Dann: »Schau ihn dir halt genau an. Die transsilvanischen Gesichtszüge. Die schwarzen Haare. Seine Figur: gross, dürr, blutleer. Kein Sport. Und er verbringt verdammt viel Zeit in geschlossenen Räumen, wo er mit seinen Leichen lange und mutmasslich ziemlich einseitige Gespräche führt. Und wenn seine Mutter nicht dabei ist, isst er blutiges Steak.«

Lisa blickte in Draculas Richtung. Sie lachte leise: »Hat was.« Schneider fand es nett, dass sie ihm zustimmte. Wobei das natürlich nicht hiess, dass er sie jetzt mochte. Immer noch konnte er nicht aufhören, daran zu denken, was mit ihrem Bruder passiert sein könnte.

IX

Lisa stoppte den Wagen mit einem ebenso heftigen wie genervten Tritt auf die Bremse am Strassenrand:

»Okay, du willst es wissen, richtig?«

»Jap.«

Spät erst hatten sie die Party verlassen. Trotz der Müdigkeit, die sich nach dem langen Tag irgendwann eingeschlichen hatte. Während Lisa immer noch so unglaublich frisch und fit wirkte, als sei sie gerade aufgestanden, fühlte sich Schneider ab einem gewissen Punkt einfach nur noch alt und schliesslich hatte er Lisa zum Gehen überreden können. Doch die Sache mit dem Bruder hing immer noch in der Luft. Jetzt wollte Schneider Antworten.

Lisa schaute nach draussen in die dunkle Nacht. Dabei knetete sie ihre Fingerknöchel und biss auf ihren Lippen herum, und Schneider hoffte, dass das nicht die Vorboten eines Nervenzusammenbruches waren. Ihre Stimme klang schliesslich sehr leise und Schneider musste sich zu ihr rüberbeugen, um etwas zu verstehen: »Mein Bruder ist verschwunden, als er 22 Jahre alt war. Einfach verschwunden. Er war auf einer Studentenparty, hat sie gegen ein Uhr morgens verlassen und wurde danach nie wieder gesehen.« Sie brach ab. Ihre Hände zitterten.

»Nicht gestorben?«

»Das wissen wir ja nicht. Er ist einfach weg. Ich erzähle immer, dass er gestorben ist, damit ich nicht mehr erklären muss. Aber vielleicht lebt er ja noch.«

Schneider schwieg. Das war jetzt richtig scheisse. Einerseits hatte der Ermittler in ihm keine Ruhe gefunden. Andererseits sass da nun eine emotional aufgewühlte Frau neben ihm. Emotional aufgewühlte Frauen waren ihm zuwider. Schon im »Normalbetrieb«, falls es den bei einer Frau überhaupt gab, waren sie schwierig und unberechenbar.

Lisa begann im Wagen herumzuschauen. Sie murmelte vor sich hin: »Das Dach ist hell, die Armatur ist schwarz, der Schlüssel ist silbern, meine Hose ist blau, die Sitze sind schwarz, die Hintersitze sind schwarz ...« Dann schwieg sie wieder, schloss die Augen und atmete tief ein und aus.

»Was war das?«, fragte Schneider schliess-lich.

»Das habe ich damals in der Traumathe-rapie gelernt«, murmelte Lisa. Und erklärte: »Das hilft gegen Panikattacken, wenn man sich in einem sicheren Raum orientiert. Man kommt so wieder zu sich.«

»Aha.«

Schneider schwieg kurz. Und dann: »Bist du deshalb zur Polizei?«

»Ja«, lächelte Lisa schief. »Ich hatte immer diese Vorstellung, dass ich, wenn ich genug weiss und kann, seine Akte nehme, ihn suche und finde.«

So war das also. Deswegen kein Jurastu-dium, in dem Lisa zweifellos brilliert hätte. Deswegen der Polizistenjob, in dem Lisa ge-nauso zweifellos nicht brillieren würde.

»Die Polizei damals?«

»Die hat ziemlich schnell aufgegeben. Mein Bruder war ja auch schon volljährig und – wie es hiess – im Vollbesitz seiner geistigen Kräfte. Man hat keine Spur gefunden. Wobei ich sicher bin, dass die Polizei sorgfältiger ge-sucht hätte, wäre er der Sohn oder der Bruder von einem von ihnen gewesen.«

»Hmpf«, machte Schneider. Da hatte Lisa nicht ganz unrecht. Einen Volljährigen suchte man eigentlich nur, wenn man davon ausgehen musste, dass er einem Verbrechen zum Opfer gefallen war. Und davon konnte man ja meistens nicht ausgehen. Ergo suchte man dann auch nicht so richtig gründlich. Die Polizei war ohnehin schon chronisch überlastet.

»Weisst du, was das Schlimmste ist?«, fragte Lisa.

»Die Ungewissheit«, antwortete Schneider sofort. »Ich habe schon viele Fälle dieser Art gehabt. Die Angehörigen sind manchmal geradezu erleichtert, wenn wir schliesslich eine Leiche finden.«

Lisa nickte, während ihr die Tränen herunterflossen. Schneider fühlte sich neben ihr sehr unwohl und hilflos. Ein Taschentuch hatte er nicht und Lisa in die Arme zu nehmen, kam überhaupt nicht in Frage. »Hausfick bringt Unglick«, hatte einer seiner Ausbilder immer gesagt, noch dazu war er doppelt so alt wie Lisa. Sowieso hatte er Schwierigkeiten, ihr Verhältnis zueinander zu definieren. Eine Partnerin war sie nicht, dazu wusste und konnte sie zu wenig. Ein Vater-Tochter-Verhältnis war es auch nicht, da er mit Kindern noch nie etwas hatte anfangen können. Und so was wie ein romantisches Verhältnis, das war sowieso völlig ausgeschlossen. Sie war zu jung und nett, er zu alt und zu gemein.

Zum Glück hatte Lisa langjährige Therapieerfahrung und kriegte sich schliesslich von selbst wieder ein. Sie fuhr sogar weiter, wobei Schneider das Gefühl hatte, er mit seinen vier Bier wäre besser gefahren als sie. Ihm war aber auch klar, dass er sich Machogehabe jedweder Art seiner Partnerin gegenüber nicht ständig erlauben konnte. Seine neue Vorgesetzte würde ihm den Kopf abreissen. Die sah zwar aus wie eine Bulldogge mit grellrotem Lippenstift, war aber offiziell eine Frau. Schneider ging ihr nach Möglichkeit aus dem Weg, sie war ihm irgendwie unheimlich.

X

Nach Lisas Geständnis und all der Aufregung fand Schneider keine Ruhe. Die Müdigkeit von der Party war verschwunden. Er tigerte durch das halbdunkle Haus, auf der Suche nach Schlaf oder Erleuchtung oder Bier. Schlaf war unmöglich, Erleuchtung in weiter Ferne und Bier war aus. Dabei dürften die Pfleger seines Vaters kein Bier trinken im Dienst. Natürlich taten sie es trotzdem, und Schneider hockte dann abends auf dem Trockenen. Schliesslich – es ging schon dem Morgengrauen entgegen – fuhr Schneider seinen Computer hoch und wählte sich per Skype nach Südfrankreich durch. Vielleicht gingen Rentner ja auch spät beziehungsweise früh ins Bett. Und tatsächlich, nach zweimaligem Klingeln war Peter dran. Sein ehemaliger Partner, Lisas Vorgänger. Wobei Lisa natürlich eine absolut ungenügende Nachfolgerin war.

»Guten Abend, mein Lieber«, begrüsste Peter Schneider, »wieder schlaflos?«

»Hmpf«, machte Schneider, was Peter als Zustimmung werten durfte.

»Neuer Fall?«

»Jep. Sehr interessant. Ein dreimal Ermordeter.«

Auf Peters Gesicht erschien ein grosses Fragezeichen und Schneider begann, zu erzählen. Peter nahm seine Zuhörerpose ein: Zeigefinger an der Stirn, Daumen und Mittelfinger an der Nasenwurzel, Augen geschlossen. Das wirkte sehr kompetent und intellektuell, aber Peter hörte tatsächlich immer zu und hatte auch fast immer etwas Schlaues zu sagen.

»Renfield meint, es müsse jemand aus der Familie gewesen sein«, schloss Schneider seinen Bericht. Dass er Renfield und ihre Ausführungen überhaupt erwähnte, war dem Umstand geschuldet, dass Peter sie für genial hielt und sogar mochte. Warum auch immer.

»Du meinst Katja?«, hakte Peter mit hochgezogenen Augenbrauen nach.

»Jaja, die«, antwortete Schneider.

»Du solltest sie etwas mehr schätzen«, tadelte Peter, »sie ist wirklich intelligent und hat einen guten Instinkt.«

»Und sie sieht furchtbar aus.«

»Naja, deine neue Supermodel-Partne-
rin sieht toll aus und von der hältst du auch
nichts«, wandte Peter ein.

Schneider seufzte.

»Jaja.«

Frauen ... Er mochte sie aus einem bestimm-
ten Grund nicht: Sie versuchten ständig, ihn
irgendwie zu ändern. Immer wollten sie mit
ihm über irgendwelche Probleme reden,
fragten nach seinen Gefühlen. Quatschten
den lieben langen Tag. Verhielten sich übergriffig, kontrollierend, eifersüchtig, kurzum –
einfach unerträglich. Leider stand er nicht
auf Männer. Immerhin – das musste er Katja
und auch Lisa zugestehen: Sie hatten ihn bis-
lang in Ruhe gelassen. Lisa schien ihn sogar
wirklich zu respektieren. Oder tat zumindest
so. Unter Umständen war sie aber auch viel
raffinierter, als er bisher den Eindruck gehabt hatte. Vielleicht schmiedete sie hinter
seinem Rücken einen perfiden Plan. Etwa in
der Art, dass sie ihn erst um ihre hübschen
Finger wickelte, um ihm dann in einem unbe-
obachteten Moment das Blut aus den Adern
zu saugen.

»Ich werde mich bemühen«, versprach er

ohne Überzeugung. Und dann: »Lisa hat übrigens einen verschwundenen Bruder.«

»Oh mein Gott. Die Arme.« Peter runzelte die Stirn. »Und jetzt? Was wirst du machen?«

»Ich?«, fragte Schneider erstaunt. »Was habe ich damit zu tun?«

»Ach, Christian …« Peter schaute etwas resigniert. »Sie ist deine Partnerin. Und das bleibt sie auch erst einmal.«

Schneiders Brust entrang sich ein tiefer, gequälter Seufzer.

»Sie ist völlig ahnungslos und macht alles so, wie es im Lehrbuch steht. Und dann ist sie immer so nett und anständig. Sie ist einfach eine Landplage!«, jammerte er los.

Peter grinste: »Ich weiss noch, damals, als ich einen neuen Partner bekam. Es war die Hölle. Der Typ war so ein durchtrainierter Supersportler und hatte immer das Gefühl, wir müssten jetzt, um uns besser kennenzulernen, gemeinsam joggen gehen. Ich. Joggen. Haha. Ausserdem war er noch ein grauenhafter Klugscheisser und liess sich nichts sagen. Ich kann dir gar nicht sagen, wie sehr der mich genervt hat!«

Schneider fuhr sich mit beiden Händen

durch die Haare. »Jaja, ich WEISS«, grummelte er.

»Siehst du, auch du hast dazu gelernt«, sagte Peter. »Und wie!«

»Du hast ja recht«, murrte Schneider, »trotzdem würde ich den Fall lieber mit dir zusammen bearbeiten.«

Peter freute sich sichtlich und bekam einen wehmütigen Blick. Schneider hingegen fühlte sich zum wiederholten Mal allein gelassen von seinem Partner, der mit ihm einst durch dick und dünn gegangen war, und ihn nun für Frührente, Frau und Südfrankreich verlassen hatte.

»Ja, der Fall klingt wirklich spannend«, befand Peter schliesslich. »Was machst du eigentlich mit Lisa zwecks Paarbindung?«

Schneider grübelte: »Ich versuche sie nicht den ganzen Tag anzuschreien.«

»Na, das ist ja schon mal was.«

XI

Wie immer wartete Schneider in seiner Eigenschaft als menschgewordene Ungeduld nicht den endgültigen Bericht der Forensiker ab. So ging er am übernächsten Tag schon in die Pathologie, um sich am toten Objekt zeigen zu lassen, was, nach dem momentanen Stand der Erkenntnisse, passiert war. Ausserdem würde die Autopsie gerade heute etwas Abkühlung bieten zu der stickigen Hitze im Büro. Die Klimaanlage war ausgefallen, wie eigentlich jeden Sommer. Bis die Techniker sie dann repariert hatten, war es meistens Herbst.

Lisa hatte just in diesem Zeitpunkt etwas anderes zu tun. Papierkram. Goldfisch streicheln. Oder etwas in der Art. Immerhin konnte sie so nicht stören. Also fiel Schneider am Morgen zu Pathologenzeit, das heisst nicht vor neun Uhr, in Draculas Reich ein. Dracula war anwesend, genau wie Katja, für die Schneider den nicht sehr schmeichelhaften, dafür – wie er fand – umso passenderen,

Namen »Renfield« auserkoren hatte. Wobei nur Dracula und Peter davon wussten. Dracula fand das lustig, allerdings war er mit seiner Renfield ohnehin nicht so dicke, wie der Original-Dracula mit dem Original-Renfield. Peter, der Gutmensch, hatte stets versucht, Schneiders Umgang mit Katja zu ignorieren. Er war mit Renfield auch deutlich besser ausgekommen, als Schneider das von sich behaupten konnte. Peter hatte Renfield stets geschätzt, und sie hatte ihn sogar ab und an angelächelt. Das war in ihrer Welt schon fast so etwas, wie Hausschlüssel geben. Schneider hingegen fand die Frau eiskalt, abgekocht und steinhässlich, ohne jede Empathie oder Mitgefühl. Sie war ein absoluter Fachidiot und hatte ausser ihrer Spinne und ihren Maden keinerlei Freunde. Eigentlich war sie wie er. Immerhin war er sportlich. Sie nicht. Und er wohnte zumindest mit einem menschlichen Wesen – wenn auch seinem Vater – zusammen, sie hingegen mit dieser Riesenspinne. Bei genauerer Betrachtung hätte man die Spinne allerdings als die bessere Gesellschaft bezeichnen können.

Der Autopsieraum war der Ort, der die

Medizinstudenten der ersten Semester das Fürchten lehren dürfte: Weisse Kacheln an den Wänden und am Boden verströmten zweckmässige Kälte. Die Wand mit den silbrigen Schubladen, in denen die Toten darauf warteten, dass man sie auseinanderschnetzeln würde, machte ihn nicht anheimelnder. Dazu dieser Geruch nach Tod, Desinfektionsmittel und Formaldehyd. Für den nächsten Sezierkurs stand schon eine Kiste mit Lebern, Lungen, Hirnen und Nieren bereit. Schneider liess das Ganze völlig kalt. Die Toten waren tot und damit basta. Was danach mit ihnen geschah, war in seinen Augen nichts anderes, als Hühnchen auseinandernehmen. Für Lisa hingegen war es wohl besser, dass sie gerade mit anderen Dingen beschäftigt war, da war er sich sicher.

»Und?«, platze er in den Raum, statt »Guten Morgen«.

»Guten Morgen, mein Lieber«, antwortete Dracula, die Betonung auf die nette Begrüssung legend, »du möchtest eine erste Analyse, richtig?«

Manchmal konnte Dracula mit seinen guten Manieren nerven. Vor allem, wenn er so überdeutlich darauf hinwies, dass er, Schneider, da gewisse Defizite besass.

»Ja«, brummte Schneider, »hätt ich gern.«

»Ja also, schau«, Dracula zog das Tuch von dem Toten zurück. Dieser lag da, ausgeweidet wie ein totes Reh oder – bei seiner Statur – eher wie ein Wildschwein. Seine Organe ruhten schon abgewogen neben ihm. Raucherlunge, Fettleber, Alkoholikerhirn. Interessante Schlachtplatte. Das war übrigens, laut Dracula, der halboffizieller Begriff in der Pathologie. Schneider hatte das am Anfang etwas befremdlich gefunden. Aber auch irgendwie lustig. Der Tote hatte also alles mitgenommen, was es an ungesunden, lebensverkürzenden Sachen so gab. Nicht, dass das jetzt noch eine Rolle gespielt hätte. An Lungenkrebs und Leberzirrhose würde er jedenfalls nicht mehr sterben.

Dracula begann zu erklären. »Da am Hals, die Würgemale. Der Strick hat ihm nicht das Genick gebrochen, allerdings muss man sagen, dass da auch etwas Geschick dazu gehört, den Strick so zu knüpfen, dass das Genick gleich bricht. Die meisten strangulieren sich damit. Ich kann mich eigentlich nicht erinnern, dass das jemals jemand richtig hinbekommen hätte. Da war aber mal dieser eine Mann, das war vor vier oder fünf Jahren, ein Segler …« Schneider räusperte sich.

»Äh ja. Ist ja egal«, fuhr Dracula fort, »also, den hier, den hat der Strick erwürgt und ihm nicht das Genick gebrochen. Allerdings dürfte er davon wohl nicht allzu viel mitbekommen haben.«

»Wieso nicht?«

»Naja, er hat einige grosse Hämatome am Kopf. Sein Mörder hat wohl recht heftig mit einem stumpfen Gegenstand auf ihn eingewirkt. Und dann sind da noch die Messerstiche: Zweiundzwanzig an der Zahl.«

»Lieber Himmel«, murmelte Schneider. Da hatte wohl jemand ganz sichergehen wollen.

»Ja, nicht wahr? Katja hat die Einstichstellen schon untersucht, Katja, sagen Sie doch bitte was zu dem Messer.«

Katja drehte sich etwas widerwillig von ihren Petrischalen mit den Maden weg und kam zu den beiden Männern an den Tisch mit dem Toten herübergeschlurft. Schneider ärgerte sich über sie, wenn er sie nur gehen sah. Sowas von unbeholfen. Katja sah ihn aber gar nicht an. Dass sie ihn für einen voll-idiotischen Obermacho hielt, war mehr als deutlich zu sehen. Aber sie war ganz Profi.

»Das Messer«, begann sie, »das war nicht sehr lang. Etwa drei bis vier Zentimeter. Dafür ziemlich spitz vorne und breit am Ende. Etwa so wie ein Austernmesser. Die damit zugefügten Verletzungen waren zwar sicher sehr schmerzhaft, aber keinesfalls tödlich. Schon gar nicht bei der Körperstatur des Toten. Die meisten Einstiche sind nur im Fettgewebe, sie haben grösstenteils keine Organe verletzt. In der Lunge gibt es zwei kleine Einschnitte. Dort ist auch eine Rippe angebrochen.« Sie nahm ein Skalpell als Zeigestock. »Da«, fuhr sie fort, »sieht man, dass es einige Hämatome um die Einstichstellen gibt. Die Einstichstellen sind auch teilweise ausgerissen. Das und die angebrochene Rippe heissen, dass der Täter mit grosser Wucht und auch mit einiger Schnelligkeit zugestochen haben muss. Etwa so wie der Typ in *Psycho*.«

Renfield deutete die Bewegung mit der rechten Hand an. *Psycho* war wohl der richtige Film für Renfield, mutmasste Schneider. So wie sie drauf war, hätte sie mit Bates sicher Freundschaft geschlossen. Renfield verstummte und ging wieder zu ihren Maden.

»Danke, Katja«, rief Dracula ihr hinterher und wandte sich wieder mit vielsagendem Blick an Schneider: »Die Stiche waren nicht tödlich, aber, wie Katja ganz richtig festgestellt hat, sicherlich sehr unangenehm. Irgendwann beginnen aber die körpereigenen Endorphine, den schlimmsten Schmerz auszublenden. Er hatte auch etwas Wasser in der Lunge. Nicht genug, um zu ertrinken, aber hätte er den Strick überlebt, wäre es zu einem gesundheitlichen Problem geworden.«

»Na, *die* Sorge hat er jetzt wohl nicht mehr«, bemerkte Schneider.

»Ganz richtig«, pflichtete Dracula ihm bei. »Letzten Endes ist er jedenfalls an dem Strick im Gewächshaus erstickt. Katja? Können Sie den Todeszeitpunkt schon näher eingrenzen?«

Schneider hätte schwören können, dass Renfield leise in sich hineinfluchte, aber sie kam noch einmal brav angedackelt und erklärte, dass der Tote da etwa 24 bis 36 Stunden, bevor man ihn gefunden hatte, hingehängt worden sein musste. Endgültig gestorben sei er wohl danach. Sie müsse das noch genauer untersuchen. Weg war sie. Kommunikationsgestörte, asoziale Schnepfe, dachte Schneider.

»Geh nach Riga und nimm die Pest und deine Ratten mit«, zischelte er leise. Dracula kicherte. Dracula liebte Draculafilme. Allen voran *Nosferatu*, den er schon mehrfach mit einem ziemlich gelangweilten Schneider angeschaut hatte.

Schneider überlegte: »Also zwischen Sonntagabend und Montagmorgen.«

Dracula nickte. »Und da die Gewächshäuser grösstenteils vollautomatisch laufen und nicht jeden Tag jemand hingeht, hat man ihn erst gestern gefunden.«

Schneider knetete sein Männerkinn.

»Abwehrverletzungen?«

»Nicht so richtig. Er hat ja die bereits erwähnten Hämatome am Hinterkopf., womöglich ist er gleich zu beginn ohnmächtig gewesen. Das heisst, dass jemand heftig auf ihn eingeprügelt hat. Vielleicht mit einem Gegenstand. Sehr wahrscheinlich sogar. An den Händen hat er ein paar Abschürfungen, aber die können auch von irgendwelchen Steinen sein. Sie sehen jedenfalls nicht nach Abwehr aus.«

Schneider nickte.

»Sonst noch was?«

»Ja«, Dracula wies auf eine der Schalen, die neben der Schlachtplatte standen. Kleine Steinchen lagen darin. »Das sind kleine Flusskiesel. Die haben wir in der Kleidung des Toten gefunden. Ist da ein Fluss irgendwo?«

Schneider nickte: »Ja, ganz in der Nähe. Der einzige Zugang zum Fluss weit und breit geht übrigens über die Grundstücke der Bergs. Das ist interessant, denn ...«

» ... die Steine in der Kleidung und das Wasser in der Lunge stammen demnach wahrscheinlich aus dem Fluss«, ergänzte Dracula.

Er wandte sich zum Gehen: »Also, sag mir bitte Bescheid, wenn Ren ... äh Katja den Zeitpunkt noch besser eingrenzen kann.«

»Klar, mach ich. Schönen Gruss an Lisa«, antwortete Dracula und zwinkerte Schneider zu.

Schneider verdrehte die Augen und verliess wort- und grusslos die Autopsie. Er durfte das, schliesslich war auch er asozial und kommunikationsgestört.

XII

Schneider schlug die Autotür zu. Lisa stand schon neben dem Wagen, und bemühte sich um einen abgeklärten Gesichtsausdruck. Das gelang ihr mehr schlecht als recht.

»Wird schon«, versuchte Schneider, sie aufzumuntern.

Peter zuliebe hatte er sich vorgenommen, etwas freundlicher zu Lisa zu sein. Sie war ja schliesslich auch freundlich zu ihm, auch wenn er sich das nur ungern eingestand.

»Aber das ist doch schrecklich, wenn man den Mann verliert und deswegen auch noch Rede und Antwort stehen muss«, erwiderte Lisa. Sie schluckte.

»War ja nicht dein Mann«, sagte Schneider trocken. Lisa warf ihm einen scheelen Blick zu, und Schneider fragte sich, was er denn jetzt schon wieder Falsches gesagt haben könnte. Sie stiegen die Treppen zum ehemaligen Wohnhaus ihrer Leiche hoch. Gemessen an der Grösse der Gärtnerei war das Haus eher bescheiden. Zweitstöckig mit Pultdach. Die mehr als sterilen Beete im Vorgarten waren mit grauen Granitblöcken eingefasst, die Treppengeländer bestanden aus kaltem Metall. Alles in allem weder gemütlich noch schön. Eher eisig, trist und sehr unpersönlich. Die Ehefrau öffnete die Tür. Sie war Schneider sofort zutiefst unsympathisch. Klein, blond, bleich mit einem verkniffenen Zug um den Mund. Hatte etwas von seiner ersten Frau an sich. Die ewig Unzufriedene, nörgelig und mies im Bett. Auch innen hatte das Haus nur geringfügig mehr Charme als die Autopsie. Schneider und Lisa stellten sich vor und wurden ins Wohnzimmer gebeten. Die Kinder hockten vor dem Fernseher und schauten sich irgendeinen Mord-und-Totschlag-Film an.

Das war selbst Schneider zu viel und er bat darum, in einen anderen Raum gehen zu können. Also führte die Ehefrau sie beide ins Arbeitszimmer ihres – nun toten – Mannes. Lisa blieb an der Tür mit suppentellergrossen Augen stehen. An den Wänden hingen mehrere Bilder von Frauen, die wenig bis gar nichts anhatten, lüstern in die Kamera blickten und so taten, als würde ihnen diese Art der Arbeit Freude und Erfüllung bereiten. Schneider zuckte mit den Schultern. Das Zimmer passte perfekt zu dem, was sie bisher über den Toten herausgefunden hatten. »Frau Berg«, begann Schneider, »wir sind hier, um Sie zum Mord an Ihrem Mann zu befragen.« Er holte tief Luft. Und legte los: »Wo waren Sie denn von Sonntagabend bis Montagmorgen?«

Der Frau starrte Schneider mit offenem Mund an. Und Lisa bedachte ihn mit einem Blick, der deutlich besagte, dass sie ihn für ein herzloses Arschloch hielt, und es daher auch kein Wunder war, dass seine Frauen ihn verlassen und verdientermassen ausgenommen hatten wie eine Weihnachtsgans.

»Sind Sie völlig übergeschnappt?«, brach es aus der Ehefrau heraus. »Meinen Sie wirklich, dass ich etwas mit dem Mord an meinem Mann zu tun habe?!«

»Ich ...«, legte Schneider mit aufgestelltem Kamm los, aber Lisa schob ihn einfach zur Seite und setzte sich zu Frau Berg auf das Sofa.

»Frau Berg, bitte entschuldigen Sie«, sagte sie freundlich, »wir haben sehr viele Personen zu befragen und wenig Zeit, denn wir wollen den Täter ja möglichst schnell fassen. Das verstehen Sie doch sicher?« Dabei lächelte sie die Frau an und legte ihr vorsichtig die Hand auf die Schulter. Gleichzeitig schob sie ihre absatzbewehrte Ferse über Schneiders Fuss und drückte so fest zu, wie sie konnte. Schneider stöhnte gequält auf, hielt aber danach den Mund. »Es tut uns sehr leid, Frau Berg. Das ist wirklich schrecklich und so etwas möchte niemand erleben.« Lisa gab sich sehr mitfühlend, und Schneider hatte den Eindruck, dass sich ihre Stimme in flüssigen Samt verwandelt hatte. Der schlängelte sich aus ihrem Mund und umgarnte diese Frau, die in den Jahren ihrer Ehe in den Überlebensmodus gegangen war. Lisa brachte wohl etwas in ihr zum Schmelzen.

Die Ehefrau begann zu erzählen: »Es war eigentlich immer schwierig mit ihm. Er war meist unzufrieden und gestresst. Schuld daran waren seine Eltern und sein Bruder. Also, vor allem seine Eltern. Sie sind schrecklich. Meine Schwiegermutter ist eine richtige Hexe. Wären wir woanders hingegangen, wie wir es zu Beginn unserer Ehe geplant hatten, wäre vieles anders gekommen. Aber seine Eltern wollten unbedingt, dass er den Betrieb übernimmt, und da hat er sich überreden lassen. Seine Eltern, allen voran seine Mutter, waren aber immer am Meckern. Alles machte er falsch. Das hat Stefan sehr zugesetzt. Er war eigentlich darauf bedacht, alles richtig zu machen. Seinen Frust hat er dann an seinen Angestellten und mir ausgelassen.«

»Und die Kinder?«, fragte Lisa samtig.

»Die hat er eigentlich in Ruhe gelassen. Er hat sich zwar nicht viel um sie gekümmert, aber er hat ihnen auch nichts getan.«

Frau Berg seufzte tief. Und obwohl die Ehe ja offenbar kein Ponyhof gewesen war, wirkte sie traurig. Schneider musste zugeben, dass das sehr ehrenwert von ihr war. Seine Ex Nummer zwei hätte wahrscheinlich Champagner vergossen und mit ihrem Lover auf seinem Grab getanzt, hätte es ihn erwischt. Zudem fand er es sehr loyal, dass die Ehefrau nicht petzte, dass ihr Mann ein kettenrauchender, sexistischer Alkoholiker gewesen war. Und Lisa machte ihren Job wirklich gut, musste er zugeben. Natürlich würde er ihr das niemals sagen. Aber trotzdem.

Lisa fragte: »Frau Berg, haben Sie denn Ihren Mann nicht vermisst, ich meine, er ist ja schon zwei Tage tot ...?« Lisa liess den Satz in der Luft hängen und sah die Ehefrau mit ihren Unschuldsaugen an. Die schaute Lisa an und verzog den Mund und gestand: »Wir hatten vor einer Woche einen Riesenkrach. Wegen seiner Mutter. Da bin ich mit den Kindern zu meinen Eltern gefahren.«

Schneider warf Lisa einen Blick zu, den sie mit einem unmerklichen Nicken bestätigte. Natürlich würden sie das nachher sofort überprüfen. Das heisst, Lisa würde das überprüfen, denn für Schneider war dergleichen Frischlingsarbeit.

Frau Berg fuhr währenddessen fort: »Mein Mann und ich, wir hatten dann auch die ganze Zeit keinen Kontakt. Ich bin erst gestern mit den Kindern zurückgekommen, als mein Schwiegervater mich anrief und mir erzählte, was passiert ist.« Sie schluckte. Und schluchzte los: »Wir haben uns gar nicht richtig voneinander verabschiedet!«

Das ist wohl meistens so, wenn jemand unerwartet ermordet wird, dachte Schneider, hielt aber den Mund. Wer wusste schon, wozu die hübsche, nette Lisa sonst noch fähig war.

»Hatte Ihr Mann denn Feinde? Gab es irgendwelche Probleme bei der Arbeit? Können Sie sich vorstellen, wer Ihrem Mann das angetan haben könnte?«, erkundigte sich Lisa.

»Ach, das kann ich gar nicht sagen. Das ist so schwierig. Ich meine, er war oft unbeherrscht und hat rumgebrüllt. Er war wirklich nicht immer nett zu allen. Aber ob das reicht, um jemanden einfach so umzubringen? Und dann auf diese Art? Er hatte auch seine guten Seiten. Ich weiss es nicht. Ich weiss irgendwie gar nichts mehr.«

Als Frau Berg anfing, zu schluchzen, nahm Lisa sie in die Arme. Einige Minuten lang weinte sie an Lisas Schulter. Schliesslich richtete sie sich wieder auf: »Entschuldigen Sie bitte, Frau Müller.«

»Aber für was denn, liebe Frau Berg?«, entgegnete Lisa, »es tut mir so leid für Sie.«

»Danke Ihnen für das Mitgefühl.« Sie lächelte Lisa an, und Lisa hatte schon wieder einen neuen Fan. Schneider verdrehte die Augen. Aber so, dass Lisa ihn nicht sehen konnte. Auf seinem Schuh war immer noch ein Abdruck und seinen Fuss würde er wohl später bei Dracula röntgen lassen müssen.

»Christian«, wandte sich Lisa mit strengem Ton an ihn, als sie wieder im Auto sassen, »du kannst doch nicht einfach so jemanden beschuldigen!«

»Ich habe sie nicht beschuldigt, ich habe mich nur danach erkundigt, wo sie zum Tatzeitpunkt war!«, rechtfertigte sich Schneider, wohlwissend, dass er auf verlorenem Posten kämpfte.

»Na, das versteh ich aber unter Beschuldigen«, ärgerte sich Lisa.

Schneider kochte. Er war wütend auf Lisa und ihre dämliche Besserwisserei. Auf ihr blödes Mitgefühl, das sie irgendwelchen Leuten entgegenbrachte. Auf seine bescheuerte Ex. Auf Lisas doofliebe Art, in jedem das Gute zu sehen. Am meisten ärgerte er sich allerdings über sich selbst, weil Lisas dämliches Gutmenschentum eine Stärke war, die er nie würde aufbringen können.

»Du hast selber gesagt, dass es keine Frau gewesen sein kann. Und Frau Berg war es sicher nicht!« Lisa war immer noch wütend.

»Jaja. Und ich kann ja auch froh sein, dass

ich dich dabeihabe«, ätzte Schneider zurück. »Ohne dich könnte ich meinen Job ja gar nicht richtig machen.«

XIII

War das Haus des Toten kalt und steril gewesen, so war der alte Kasten, in dem die Eltern und der jüngere Bruder wohnten, eine graue Gruft. Im Vorgarten kümmerten depressiv verstimmte Pflanzen vor sich hin, die Treppe war bröckelig und die Haustüre, die der Vater des Toten den beiden Ermittlern öffnete, schrie ebenso verzweifelt wie wohl auch vergebens nach Öl.

Der Vater sah so aus, als hätte er schon lange nicht mehr gelächelt. Als ob seine Gesichtsmuskeln diese Art der Bewegung vollkommen verlernt hätten. Seine Wangen hatten sich auf halbmast eingehängt und offenkundig beschlossen, dort auf ewig zu verweilen. Alles an diesem Mann drückte elendigliche Tristesse aus. Und das, so mutmasste Schneider, nicht erst seitdem sein Sohn ermordet worden war. Das Drama köchelte wahrscheinlich schon länger vor sich hin, dessen war sich Schneider sicher, da er diesen Gesichtsausdruck von seinem eigenen Vater kannte.

Der alte Berg führte die beiden Ermittler in sein Büro und wies ihnen einen Platz auf dem Sofa zu. Er selbst setzte sich auf einen grossen, grauen Sessel, mit dem er anschliessend zu einer traurigen, grauen Masse verschmolz.

»Können Sie uns etwas zu den Besitzverhältnissen des Betriebes sagen?«, begann Schneider das Gespräch.

»Hm. Jaja. Der Betrieb«, brabbelte der Alte vor sich hin, »ja. Hmhm.«

»Ja, genau, der Betrieb. Die Gärtnerei …« Schneider musste sich sehr zusammenreissen. Das Haus, der Alte, die ganze Stimmung dort machten ihn schlichtweg aggressiv.

»Hm, hmhm«, krächzte der Alte und Schneider dachte, bei nächstem »Hm« würde er sich vergessen.

»Den Betrieb, hm, den haben wir vor zwei Jahren an Stefan übergeben. Der jüngere Sohn ist da zum Geschäftsführer geworden. Hmhm.«

Der Alte rutschte in seinem Sessel hin und her. »Mein jüngerer Sohn hat dafür auf sein Erbe verzichten müssen, sonst hätten wir die Gärtnerei verkaufen müssen, hmhm.«

»Hat Ihr jüngerer Sohn freiwillig verzichtet?«, wollte Schneider wissen, Hm-Höllenqualen durchleidend.

»Ja. Hmhm. Es hat ihm nichts ausgemacht«, schnarrte der Alte.

»Tatsächlich?«, staunte Lisa, »da geht es doch um viel Geld, oder nicht?«

»Haha. Hmhm. Viel Geld. Wir sind ein Familienbetrieb. Den kann man nur erhalten, wenn einer die Verantwortung übernimmt. Da gibt's kein Geld. Hmhm. Vor allem ist es viel Arbeit und Verantwortung. Stefan konnte das einigermassen machen, mein anderer Sohn nicht.«

»Warum nicht?«, wunderte sich Schneider.

»Weil er keinen Ehrgeiz hat, hmhm. Und auch kein besonderes Talent. Tatsächlich hat er noch nie etwas Richtiges zustande gebracht, hmhm«, teilte ihnen der Vater müde und ohne jede Empathie mit. Nach einer kurzen Pause fuhr er weiter: »Er war schlecht in der Schule, hat all seine Lehren abgebrochen, wir machten uns wirklich Sorgen, was noch aus ihm werden sollte, hmhm.«

Schweigen.

Schneider brodelte innerlich und Lisa war verstummt. Schneider war überzeugt, dass

Lisa noch nie einen Elternteil über sein Kind so hatte reden hören. In ihrer Welt gab es nur Liebe, Harmonie und rosa Einhörner. In Zukunft würde er für sie wohl immer ein paar Taschentücher mitnehmen müssen. Die nervkrötige Assistentin von Dracula hatte mit ihrer Feststellung vollkommen recht: So viel Hass gab es nur in Familien, dem Hort allen Schreckens.

Der Alte sprach so unvermittelt weiter, dass Schneider zusammenzuckte.

»Letzten Endes taugt er nicht einmal als Geschäftsführer, obwohl wir alle, Stefan, meine Frau und ich, uns nach Kräften bemüht haben, ihn auf Kurs zu halten, hmhm.«

Schneider fuhr sich mit der Hand durchs Gesicht. Für ihn war klar, dass es dem Alten lieber gewesen wäre, wenn der Jüngere ins Gras gebissen hätte. Ekelhafter alter Sack. Der Vater widerte ihn an. Aber er wurde ja auch nicht dafür bezahlt, ihn zu mögen. Ergo konnte er den Alten einfach ein bisschen hassen.

»Was können Sie uns denn über Ihren Sohn Stefan erzählen?«, fragte Schneider.

»Hmhm, Stefan.«

»Ja, genau der.«

»Hm. Er hat seine Arbeit im Grossen und Ganzen gut gemacht. Manchmal mussten meine Frau und ich ihn noch beraten. Aber eigentlich hat er den Betrieb gut geleitet. Gab halt immer wieder Ärger mit den Angestellten. Faul, frech, unzuverlässig. Aber er hatte das einigermassen im Griff, hmhm.«

»Und wie war er so als Mensch?«, hakte Schneider nach.

»Wie *als* Mensch?« Der Alte schaute ihn verwirrt an. Offenbar wusste er mit dieser Frage nichts anzufangen. »Das hab ich Ihnen doch grad gesagt. Im Grossen und Ganzen war er zuverlässig und hat seinen Job gut gemacht. Sie müssen mir halt zuhören, hrrrm, hrrrm!«

Offenbar hatte er, einem Uhu gleich, verschiedene Schnarrlaute auf Lager. Was es für Schneider nicht besser machte.

Er verzog den Mund. Ätzender Aggrogreis. In dieser grauen Hölle aus Kälte und Gleichgültigkeit hatten die Bergs also ihre drei Kinder, die beiden Brüder und deren Schwester, herangezogen. Für sein eigenes Seelenheil beendete er Fragestunde mit dem Alten. Hoffentlich würde es mit der Mutter besser laufen. Doch die Mutter des Toten war gerade nicht zu Hause. Sie war beim Friseur, um sich die Haare richten zu lassen, wurde ihnen mitgeteilt. Also verabschiedeten sich Schneider und Lisa in eine frühe Mittagspause. Das war Schneider gerade recht, er brauchte etwas Erholung.

Während Schneider mit Lisa zu Mittag ass, empörte sich diese: »Das ist ja unglaublich. Als ob der Mann als Mensch gar nichts wert wäre. Was sind denn das bitte für Eltern, für die nur die Leistung ihrer Kinder zählt? Und was sind das bitte für Eltern, die das eine Kind in den Himmel loben und das andere zum Vollidioten erklären?!«

»Das ist Familie«, antwortete Schneider trocken.

»Nee, du«, konterte Lisa, »das ist keine Familie. Das ist nicht normal!«

Für mich schon, dachte Schneider. Aber er schwieg. Er hatte keine Lust, sein Privatleben vor Lisa auszubreiten. Allerdings liess auch ihn diese Familie nicht mehr los. Er zermarterte sich den Kopf darüber, an was sie ihn erinnerte. Ein schwaches Bild einer Erinnerung flackerte auf. In der nächsten Sekunde war es wieder verschwunden und sein Gehirn verweigerte ihm jeglichen weiteren Zugang.

XIV

Nach der Mittagspause fuhren Schneider und Lisa wieder zu der Familie des Toten. Die Mutter war noch immer beim Friseur, was Frauen dort so lange machten, war Schneider immer ein Rätsel gewesen, aber sei's drum …., und so beschlossen Schneider und Lisa, den Bruder des Toten zu befragen. Er wohnte noch bei seinen Eltern. Und das in dem Alter und mit diesen Eltern, dachte Schneider. Er selbst war damals recht zügig von zu Hause abgehauen. Allein die Krankheit seines Vaters hatte ihn dazu gezwungen, wieder mit einem Familienmitglied zusammenzuziehen. Allerdings hatte er darauf bestanden, dass sein Vater bei ihm wohnte, denn in sein Elternhaus hatte er nach dem Tod seiner Mutter keinen Fuss mehr gesetzt.

So wie das Zimmer des Bruders, von dem Schneider und Lisa nach einigem Mühen auch den Namen erfahren hatten, hatte sich Schneider immer die Höhle eines klassischen Satanisten vorgestellt. Schwarze Möbel im ganzen Raum. Die Wände dunkel. Umgedrehte Kruzifixe und Bilder von wurmstichigen Totenköpfen. Schneider fand das ziemlich plakativ.

In dem unordentlichen Zimmer roch es irgendwie nach Verwesung. Ob wohl irgendwo noch ein geköpfter Hahn herumlag? Vielleicht waren in dem Schuhkarton auf der Heizung ja auch ein paar tote Ratten, aus denen der Bruder gerade Dörrfleisch machte für den fetten Python, der da in einem Terrarium in der Ecke vor sich hinmoderte ... Schneider musste sich zur Ordnung rufen, damit seine Fantasie nicht mit ihm durchging. Lisa blieb lieber gleich in der Tür stehen. Der Bruder war ebenfalls schwarz gewandet, dürr und düster. Und schweigsam. Folglich gestaltete sich die Konversation sehr übersichtlich:

»Wie war Ihr Verhältnis zu Ihrem Bruder?«

»Ok.« Schulterzucken.

»Wie gefällt Ihnen die Arbeit in der Gärtnerei?«

»Hmpf.«

Schulterzucken.

»Wo waren Sie am in der Nacht von Sonntag auf Montag?«

»Hier.«

»In Ihrem Zimmer?«

»Ja.«

»Hat Sie jemand gesehen?«

»Weiss nicht.« Schulterzucken.

Schneider wusste, dass da vorerst nichts zu holen war. Er warf Lisa einen Blick zu, und sie verliessen das Haus, um sich kurz zu besprechen. »Was für ein Phlegmatiker!«, regte Lisa sich auf, als sie draussen beim Auto standen. Schneider runzelte die Stirn. »Der ist kein Phlegmatiker«, erwiderte er schliesslich, sich am Kopf kratzend, »das ist ein Kaputter. So würde unser Freund Amir das ausdrücken.«

Er tippte dabei gegen Stirn und Brust, wie Amir es gemacht hatte. Offenbar sah er dabei aber nicht so lustig aus wie dieser, denn Lisa verzog keine Miene.

»Was meinst du?«, wunderte sie sich stattdessen.

»Naja, stell dir mal vor, dein eigener Vater hält dich für eine Niete. Dein Bruder tyrannisiert dich von früh bis spät. Du hast in den Augen deiner Familie noch nie etwas erreicht, weswegen diese Familie, in der Leistung offenbar wichtiger ist als alles andere, stolz auf dich sein könnte. Der Typ ist doch buchstäblich das schwarze Schaf der Familie. Und er hat sich damit abgefunden.«

Beide hingen ihren Gedanken nach. Lisa tat der Bruder des Toten nun doch leid. Sie dachte an ihren Bruder. Fünf Jahre älter als sie, war er immer »der grosse Bruder« gewesen und hatte diese Aufgabe sehr ernst genommen. Hatten sie den Schulweg zusammen, trug er ihre Tasche. Hatte sie Sorgen mit Mathe, sass er mit ihr stundenlang über den Hausaufgaben. Und als Eric in ihr Leben trat, musste dieser mehr um das Herz von Thomas kämpfen als um ihres. Lisa vermisste ihn jeden Tag. Und jeden Abend stand sie am Fenster, schaute in den Himmel und schickte ihrem Bruder einen Gruss. Wo auch immer er jetzt war. Ihr Hals schnürte sich zusammen und sie war froh, dass Schneider gerade mit seiner Aufmerksamkeit an einem anderen Ort zu sein schien.

Auch Schneider hatte eine Szene seiner Kindheit vor Augen. Er steht mit seinem Bruder vor der Kirche. Beide in Anzügen. Überall Menschen mit fröhlichen Gesichtern. Seine Mutter, die mit dem achtjährigen Schneider angibt, weil er so hübsch aussieht in seinem Anzug. Sein drei Jahre jüngerer Bruder, der daneben aussieht wie bestellt und nicht abgeholt.

»Frohe Ostern«, wünscht eine Nachbarin und strahlt Schneider an. Der schüttelt ihr die Hand und antwortet höflich: »Frohe Ostern.«
Seine Mutter schubst seinen Bruder nach vorne, damit auch dieser zeigen kann, wie wohlerzogen er ist. Sein Bruder aber stolpert und fällt gegen die Nachbarin. Er versucht, sich festzuhalten, rudert mit den Händen herum, verheddert sich dabei in der teuren Perlenkette der Nachbarin. Die Kette reisst und die Perlen springen über das Kopfsteinpflaster, grösstenteils unwiderruflich verloren.

Die Nachbarin schaut ihren Perlen hinterher und Schneiders Mutter sagt: »Das kann ja mal passieren. Wir kaufen Ihnen natürlich eine neue Kette.« Die Nachbarin lächelt und nickt: »Ist ja nicht so schlimm.« Beide lachen und alle gehen nach Hause.
Wieder zu Hause sperrt Schneiders Mutter seinen Bruder in sein Zimmer. Eine Woche lang darf er den Raum nur zweimal am Tag verlassen, um auf die Toilette zu gehen. Ein-

mal am Tag schiebt Schneider ihm auf Geheiss der Mutter einen Teller mit Essen und einen halben Liter Wasser durch die Tür. Danach schliesst die Mutter das Zimmer wieder ab. Niemand darf mit seinem Bruder sprechen. Manchmal hört Schneider ihn weinen und wenn er im Garten spielt, sieht er das Gesicht seines Bruders am Fenster, mit demselben Blick, mit dem ihnen der Bruder des Toten nachgeschaut hatte.

»Christian?«, riss Lisas Stimme Schneider aus seinen Gedanken.

»Hm?« Schneider drehte den Kopf zu ihr.

»Alles in Ordnung bei dir?«, fragte Lisa.

»Jaja, sicher«, hörte Schneider sich sagen. Bis zum heutigen Tag hatte er diese Geschichte komplett vergessen. Als hätte sein Hirn beschlossen, dass das alles gar nicht geschehen war. Beunruhigt fragte er sich, was da wohl noch alles zwischen seinen Neuronen schlummerte.

XV

Lisa sah Schneider gar nicht an, obwohl sie seine Unruhe in ihrem Nacken spüren konnte. Völlig gefesselt betrachte sie die Mutter des Toten mit dem gleichen Blick, den sie eigentlich ausschliesslich für Katjas Madensammlung reserviert hatte: mit Ekel und Entsetzen. Diese Mutter war einfach komplett verrückt, befand sie. Sie machte eine Riesenshow. Der zugegeben spektakuläre Tod ihres Sohnes hatte ihr eine Bühne verschafft, die sie wohl so schnell nicht zu verlassen gedachte.

Lisa und Schneider hatte sie in Schwarz und gramgebeugt empfangen. Ihre Frisur sass. Noch einmal dieses graue Haus betreten zu müssen, war Lisa schwergefallen. Sie fühlte sich sehr unwohl und war froh, dass Schneider dabei war. Im Ernstfall würde er die Gespenster sicher mit lautem Gebrüll vertreiben. Die Mutter hockte nun in einem riesigen Ohrensessel wie eine Spinne in ihrem Netz, hungrig auf Beute lauernd. Ausserdem weigerte sie sich, in normalem Ton mit Lisa und Schneider zu sprechen, sie sprach nur in heiserem Flüsterton und dieser war schwer verständlich. Allerdings gab sie ohnehin nur Blödsinn von sich.

»Warum hat man mir das angetan?«, krächzte sie. »Wer tut mir so etwas an?«

Dabei fuchtelte sie mit ihren dürren blutleeren Fingern in der Luft, was den spinnenhaften Eindruck noch verschärfte.

Lisa schaute sie an und entgegnete nüchtern: »Also, Frau Berg, vor allem hat man ihrem Sohn etwas angetan. Und wir wollen herausfinden, wer das war.«

Schneider hatte nicht mit so einer *hard-boiled* Aussage seiner Partnerin gerechnet und dann auch irgendwie seinen Einsatz verpasst. Die Alte legte währenddessen los. Zitternde Lippen, fahrige Hände, Wein- und Heulkrämpfe. Das ganze Programm. Als Lisa und Schneider nicht so reagierten, wie die Mutter das vorgesehen hatte, warf sie sich auf den Boden, krümmte sich zusammen, wie ein vertrockneter Regenwurm und schluchzte in den Teppich. Es war furchtbar, das Ganze mit anzuschauen. Schneider hielt die Frau für eine eiskalte, aufmerksamkeitssüchtige Hexe und kaufte ihr die vorgeführte Trauer nicht einen Moment lang ab. Am liebsten hätte er sie einfach getreten. Links und rechts. Da das aber nicht im Dienstprotokoll stand, versuchte er, Lisa dazu zu bewegen, diesem Theater ein Ende zu bereiten. Aber die war verstummt und sogar sie, sonst immer gewillt, das Gute im Menschen zu sehen, wirkte angeekelt.

»Frau Berg«, dröhnte Schneider schliesslich durch das Heulgeschwader auf dem Teppich, »Frau Berg!!!«

Die sah auf. Waidwunder Blick. Zitternde Lippen. Drama. »Jaahaa?«, flüsterte die Alte mit schwacher Stimme.

»Frau Berg, wie waren die Verhältnisse Ihres Sohnes? Können Sie uns da ein paar Hinweise geben?«

»Seine Verhältnisse?«, keifte sie los. Die Tränen waren schneller getrocknet als Wasser in der Wüste. Jetzt legte sie den Turbo ein. »Mein Sohn ist verheiratet. Die Frau taugt zwar nichts, sie ist dumm und faul und eine schlechte Mutter, aber er hat kein Verhältnis mit irgendjemandem!«

Ihr Gesicht hatte die Farbe eines gekochten Hummers angenommen und aus ihrem Mund flogen Speichelfetzen. Schneider fühlte sich, ob des blitzartigen Stimmungswechsels, in seiner Annahme bestätig, dass die Alte nur schauspielerte.

»Wir meinen seine Freundschaften. Ob er Feinde hatte. Wer ein Motiv hat. Wer ihn umgebracht haben könnte zum Beispiel«, zischte Schneider. Seine Stimme war hart und kalt. Kurz bemerkte er Lisas Blick und fragte sich, ob sie ihn für einen irren Psycho hielt. Und wenn schon. Schneider war voller Hass. Hass auf diese Frau und ihr erbärmliches Theater. Er hatte irgendwie das Bedürfnis, ihr eine Gitarrensaite um den Hals zu legen und sehr langsam zuzuziehen. Aber erst nachdem er ihr die Zunge rausgeschnitten hatte. Lisa zuliebe bemühte er sich, die Mordlust aus seinen Augen zu verbannen.

»Mein Sohn war ein guter Junge. Und den Betrieb hat er auch anständig geleitet. Ab und zu hat er uns noch um Rat gefragt. Aber im Grossen und Ganzen war er sehr tüchtig«, beschied die Mutter Schneider mit herablassendem Unterton.

»Das hab ich nicht gefragt«, ätzte dieser mit

Eisstimme, »ich will wissen, wie er mit anderen Menschen zurechtkam. Seine betrieblichen Leistungen sind dabei unerheblich.«

»Er war beliebt, natürlich«, fauchte die Mutter zurück. »Ach ja? Da haben wir aber Anderes gehört.«

»Von wem denn?«, stellte sich die Mutter jetzt vor Schneider auf.

Mit einer beachtlichen Geschwindigkeit wechselte sie ihre Rollen: War sie vor einigen Augenblicken noch hilflos und schwach in ihrem Sessel gesessen, mutierte sie danach zu einer Furie. Jetzt hingegen wirkte sie eiskalt und irgendwie brutal. Schneider spürte die Wut, die diese Frau in sich trug. Nicht nur auf ihn. Oder Lisa. Nein, auf die ganze Welt. Sie war eine frustrierte, wütende und durch und durch bösartige Frau.

»Nun«, schenkte ihr Schneider genussvoll ein, »so ziemlich jeder, den wir sonst befragt haben, hat erzählt, dass Ihr älterer Sohn ein unerträglicher Tyrann war.«

Die Alte tobte, einem Gewittersturm mit Hagel und Kugelblitz gleich, los: »Das sind verdammte Lügen! So etwas würde ich nie zulassen! Mein Sohn war immer anständig!

Er war überall beliebt! Wollen Sie etwa sagen, dass ich eine schlechte Mutter war? Raus hier!!! Verlassen Sie sofort das Haus! Sonst vergesse ich mich! Ich rufe die Polizei! Sie verdammter Hurensohn! Und nehmen Sie die kleine Schlampe da grad mit! Raus hier, Sie Drecksack ...« Und so ging es weiter. Sie kannte wirklich schlimme Wörter, tobte und schrie wie der Teufel. Weder Vater noch Bruder des Toten tauchten auf, um sie wieder zur Vernunft zu bringen.

Lisa zupfte Schneider, der kurz davor war, die Sache mit der Gitarrensaite durchzuziehen, am Ärmel und zog ihn aus dem Haus.

»Lief ja super«, bemerkte Lisa, als sie wieder im Auto sassen.

»Was?« Schneider war irgendwie abwesend.

»Das Gespräch mit der Mutter.«

»Ach ja das«, murmelte er und startete den Motor. »Wie das wohl ist, mit so einer Mutter aufzuwachsen?« Schneider schnaubte. War das jetzt eine ernst gemeinte Frage? Von Lisa wahrscheinlich schon.

»Es ist die Hölle«, antwortete Schneider und fuhr los.

XVI

Nach einer Nacht mit wenig Schlaf und viel Bier kam Schneider des Morgens etwas verspätet ins Büro und erschreckte sich dort beinahe zu Tode:

»Was zum Teufel ...?«, Schneider fand nicht einmal mehr die passenden Fluchworte. Da stand plötzlich eine Zimmerpalme, neben Lisas und seinem Schreibtisch. Ihre Wedel hingen zum Teil noch über dem Pult. Berührten seinen Computerbildschirm. Echtes IKEA-Wohnkulturfeeling. Einfach unglaublich.

»Was ist denn das?!«, stiess er schliesslich hervor.

»Das ist eine Pflanze«, antwortete Lisa mit zuckersüsser Stimme.

»Das seh ich! Aber wieso steht die hier?!«

»Pflanzen, mein lieber Christian, sind gut fürs Raumklima«, sagte Lisa noch zuckersüsser. »Und sie passt perfekt zu dem Bild, das Mirja mir geschenkt hat.«

Dabei deutete sie auf die Wand hinter

Schneider, der auf den Fersen herumfuhr und fast einen Herzinfarkt bekam.

»Oh mein Gott«, japste er.

Mirja musste Lisa wirklich sehr in ihr Herz geschlossen haben. Das Bild war riesig. Der Drache darauf auch. Ein gigantisches Ungeheuer, gemacht aus den nächtlichen Albträumen aller Kinder dieser Welt, schwarz und weiss, mit Zähnen und Klauen und einem blutroten Feuerstrahl, den das Monster aus seinem Maul hervorstiess. Und sicher ein Vermögen wert. Schneider brauchte ein paar sprachlose Schrecksekunden, um wieder einigermassen klar denken zu können.

»Was macht das Vieh hier?«

»Das ist jetzt Julius, unser Bürodrache«, lächelte Lisa und klimperte mit den Wimpern.

Ihre Wimpern liessen Schneider kalt. Der Drache hingegen erhitzte sein Gemüt.

»Kannst du den nicht bei dir zu Hause aufhängen?!«

»Ich fand ihn hier passender«, entgegnete Lisa. »Er soll mich an meine weibliche Stärke erinnern, sagt Mirja.«

»Aha. Und was ist mit meiner Stärke? Dieses Monster beisst mir doch glatt die Eier ab!«, fauchte Schneider. »Und überhaupt, an deine weibliche Stärke kannst du dich doch auch zu Hause erinnern!«

»Die brauch ich aber hier«, hielt Lisa dagegen. »Der Drache geht!«

»Julius bleibt!«

Lisa, das brave Mädchen, strahlte eiskalte Entschlossenheit aus. Schneider fühlte sich auf verlorenem Posten. Wie damals, als Frau Nummer zwei das Haus weihnachtlich dekoriert hatte – wochenlang hatte er sich sein Klo mit Rudolf dem Rentier teilen müssen. Rudolf hatte auch noch einen Bewegungsmelder in sich gehabt und bei jedem Pups sein beklopptes Liedchen gequäkt. Rudolfs Existenz und sein Flammentod waren – neben Anderem – für die Scheidung verantwortlich.

Beide schwiegen.

Schneider schmiedete ein Mordkomplott. Die Pflanze war einfach zu beseitigen. Er würde sich etwas Salzsäure aus Draculas Labor holen. Aber der Drache ...? Ihn unauffällig anzünden, so wie er es mit Rudolf gemacht hatte? Ihn klauen lassen? Alles wäre jedoch auf ihn zurückzuführen – und Dracula wäre bestimmt sauer. Schneider seufzte tief und drehte dem Drachen den Rücken zu. Pech nur, dass das Untier in seinem Nacken an seiner Konzentrationsfähigkeit nagte. Nichtsdestotrotz gingen beide wieder in den Arbeitsmodus.

»Irgendwie hat doch keiner ein richtiges Alibi«, versuchte Lisa, die feindliche Stille zu unterbrechen. Sie hatte den Kopf in die Hände gestützt, offenbar war er vom Denken zu schwer geworden.

»Alle waren zu Hause in ihren Zimmern, keiner hat was gesehen, gehört oder sonst was.«

»Das ist immer so«, antwortete Schneider, sich gnädig an seine guten Vorsätze erinnernd, »die meisten Leute hocken abends allein vor der Glotze. Rechnet ja auch keiner damit, dass ein paar Tage später jemand fragt, wo er dann und dann gewesen sei und ob es dafür Zeugen gäbe. Kannst du dich erinnern, wo du vor drei Tagen abends warst?«

Lisa stockte kurz, wurde dann etwas rot im Gesicht und lächelte vor sich hin. Und Schneider wollte die Antwort lieber gar nicht wissen.

»Und die Spurensuche gibt auch nichts her«,

beklagte sich Lisa weiter, »der Tote war in der Gärtnerei. Allein. Aber er muss ja irgendwann unten am Fluss gewesen sein. Dracula hat übrigens vorhin angerufen. Das Wasser in der Lunge stimmt mit den Wasserproben aus dem Fluss überein. Der Mord, oder zumindest ein Teil des Mordes, muss also dort stattgefunden haben. Nur hat der Starkregen in dem in Frage kommenden Zeitraum dafür gesorgt, dass man gar nichts mehr an Fussspuren oder so etwas in der Art sehen kann.«

Schneider grinste: »Lisa, wir sind hier nicht bei CSI XY. Draussen nach Fussspuren und dergleichen zu suchen, ist völlig überflüssig. Da findest du nie was. Was wir aber wirklich finden müssen, ist das Motiv.«

»Naja, er war ja nicht sonderlich beliebt. Insofern sollte man wohl eher fragen, wer für den Mord nicht in Frage kommt«, grübelte Lisa.

»Jemanden nicht zu mögen reicht in den meisten Fällen aber nicht aus, um ihn umzubringen. Schon gar nicht so.«

Lisa seufzte. Und Schneider versuchte nachzudenken. So gut das eben ging mit dem Drachen im Rücken. Die letzten Tage hatte

Schneider zusammen mit Lisa den Tatabend rekonstruiert, soweit das die bisherigen Erkenntnisse zuliessen. Dracula und Renfield hatten den Zeitpunkt auf zwischen acht und zehn Uhr Sonntagabend eingegrenzt. Das Dumme war nur – abgesehen davon, dass es keiner gewesen sein wollte – dass niemand so genau sagen konnte, wo er denn nun an dem Abend vor fünf Tagen zwischen acht und zehn gewesen war. Vage Angaben wie »Da muss ich schon geschlafen haben« oder »Ich war, glaub ich, spazieren oder so« waren schwer zu überprüfen, das war aber nun mal Ermittlerschicksal, wie Schneider Lisa klarmachte. Was sie bis jetzt herausgefunden hatten, war: Der Tote war länger in der Gärtnerei geblieben. Sein Vater hatte auf Lisas telefonische Nachfrage ausgesagt, dass er noch irgendwelche Quartalsabschlüsse hatte überprüfen wollen. Schneider hatte sofort auf eine Geliebte getippt, aber zu seinem grossen Erstaunen hatten sie keine gefunden. Mutter, Vater und Bruder waren in ihrem gemeinsamen Wohnhaus gewesen, das – soweit das nachzuprüfen war – niemand verlassen hatte. Da aber jeder ein Zimmer, inklusive Fernse-

121

her, für sich hatte, konnte keiner der drei mit Sicherheit sagen, dass tatsächlich niemand weggegangen war. Theoretisch hätte also jemand das Haus verlassen und auch unbemerkt wieder zurückkehren können.

»Im Prinzip kommen also alle in Frage. Wir brauchen das Motiv. Verdammt«, grummelte Schneider vor sich.

»Hm ja«, erwiderte Lisa ziemlich abgelenkt, während ihr Handy vibrierte und eine Nachricht auf dem Display erschien . »Ich muss aufs Klo«, zwitscherte sie und hüpfte aus dem Zimmer. Schneider wunderte sich ein bisschen, denn Lisa ging irgendwie ständig »aufs Klo«. Aber was verstand er schon davon. Frauen halt. Er versenkte sich wieder in den Situationsplan des Tatortes, malte Linien und versuchte, das aus seinen Neuronen herauszuquetschen, was da seit Tagen vor sich hinwaberte. Irgendwas hatte er übersehen. Irgendwas vergessen. Er kam einfach nicht darauf. Hinter ihm spuckte der Drache Feuer und Flamme.

XVII

Schneider betrat am nächsten Morgen um kurz vor sieben das Büro. Lisa war auch schon da, was ihn überraschte. Eigentlich wähnte er sie um diese Zeit noch mit verknoteten Gliedmassen auf ihrer Yogamatte, mit Grüntee und Ommm.

Stattdessen hockte sie an ihrem Tisch und hatte einen grossen Koffer neben sich stehen. Ein kurzer Hoffnungsschimmer für ihn, vielleicht hatte Lisa ja eine lange Reise geplant? Aber irgendwie sah sie derangiert aus: Die Haare waren nicht frisiert und – sie weinte. Verdammt. Warum um alles in der Welt musste ausgerechnet er mit einer Frau zusammenarbeiten? Warum nur? Frauen waren unberechenbar. Hysterisch. Heulten los wegen jedem Scheiss und wollten dann auch noch verstanden werden.

»Was ist los?«, fragte er so freundlich wie möglich. Er war ja kein Unmensch, zumindest wollte er sich heute bemühen, keiner zu sein.

»Ach … nichts«, schluchzte Lisa.

Jetzt kommt sicher gleich: Ich will nicht darüber reden, nervte sich Schneider.

»I-i-i-ch will nicht darüber reden«, weinte Lisa.

Schneider verdrehte seine Augäpfel bis zur hinteren Rundung seiner Hirnschale. Und jetzt kommt gleich: Es war so und so und bla bla bla und ich bin so eine Arme und überhaupt, dachte er.

Erwartungsgemäss fing Lisa nach kurzem Schlucken an: »Mein Freund hat mein Handy gefilzt …«

Au Scheisse. Der Freund. Der Finanzhänsel mit Porsche und Bizeps. Typ selbstgefälliger Langweiler. Schneider war völlig unverständlich, was Lisa an ihm fand. Aber offenbar war da Ärger im Paradies.

»Und?«

»E-e-e-er hat gestern Nachrichten gefunden.« »Welche Nachrichten?«

Lisa holte tief Luft: »Von einem anderen.«

Halleluja. Lisa war also doch nicht perfekt. Sie war wie alle anderen Weiber. Eine verlogene, hinterhältige Schlampe. Sie sah bloss besser aus als die meisten anderen verlogenen, hinterhältigen Schlampen. Schneiders Weltbild stimmte wieder. »Und jetzt?«, fragte er trocken.

»Er hat mich gestern noch rausgeworfen.«

Sie deutete auf den Koffer. Der Typ hat also doch Eier, dachte Schneider anerkennend. Zu seinem Leidwesen hiess das aber, dass er seine Hoffnungen auf eine reisebedingte Lisa-freie Zeit begraben konnte.

Lisa schniefte laut. Dann jammerte sie: »Ich weiss jetzt gar nicht wohin ... Meine Freundinnen, von denen ich zumindest glaubte, sie seien meine Freundinnen, halten mir vor, ich sei eine verlogene, hinterhältige Schlampe und Eric sei doch der perfekte Mann und bla bla bla. Alle sitzen über mich zu Gericht!«

Sie schluchzte. Schneider sinnierte vor sich hin, warum in Gottes Namen Frauen so bescheuert sein mussten. Nie zufrieden. Ständig am Nörgeln. Wollten immer mehr. Seine Exfrauen, und zwar alle beide, hatten ihm auch ständig irgendwas vorgehalten. Er sei zu wenig emotional. Würde zu wenig Geld verdienen. Hätte zu wenig Zeit. Zündete harmlose Weihnachtsstofftiere mit eingebautem Bewegungsmelder an. Irgendwas war immer. Mehr aus persönlicher Neugier, als aus dem Bedürfnis, Lisa zu trösten, fragte er: »Und was war denn nicht perfekt an Eric?«

Lisa schaute ihn mit verweintem Gesicht an. Wobei sie auch so noch hübsch war, mit ihren Bambiaugen

»Ich war ihm nicht wirklich wichtig«, murmelte sie schliesslich mit tränennasser Stimme. »Ihm war nur wichtig, dass ich gut aussehe und beruflich etwas hermache. Dass er mit mir angeben kann. Mein Beruf war ihm aber nicht gut genug und so hat er die ganze Zeit rumgenörgelt.«

Sie schluchzte auf. Schneider nahm an, dass sie sich gerade anschickte, in Selbstmitleid zu versinken.

Doch Lisa fing sich wieder ein wenig und fuhr fort:

»Er hat ständig gemeckert, dass der Job nichts für mich sei. Dass ich zu wenig verdiene. Dass ich zu wenig Zeit habe. Das, was ich gerne mache, das war ihm nicht gut genug.« Sie putzte sich die Nase. Und verzog das Gesicht. »Und jetzt nehmen sich alle das Recht, meine Situation zu beurteilen, dabei ist das allein meine und Erics Sache!«

»Hmpf«, machte Schneider. Da hatte sie recht. Und ihr Typ war wirklich ein Hänsel, Eier hin oder her. Schneider hatte ihn nur einmal kurz gesehen, beim besagten Revier-Markieren, aber das hatte ihm gereicht. Und offenbar gab es auch nörgelnde, nie zufriedene Männer. Nicht, dass er selbst so war. Aber andere Männer anscheinend schon. Lisa heulte weiter vor sich hin, und Schneider fühlte sich hilflos. Vielleicht sollte er einfach einen Kaffee holen. Oder auf die Toilette gehen, bis der Strom versiegt war. Er schaute Lisa an. Plötzlich fiel ihm auf, dass sie in der Eile anscheinend keinen BH angezogen hatte. Und sie trug, wohl wegen der elendiglichen Sommerhitze, nur ein dünnes T-Shirt, unter dem sich mit jedem Schluchzer ihre Brüste mit bewegten. Klein waren die und fest und wirklich so attraktiv wie der Rest von Lisa. In seinem Kopf fing ein kleiner Privatporno an zu laufen. Lisa und ihre Brüste auf dem Tisch ... Schneider hätte sich am liebsten geohrfeigt. Ein älterer Mann, der eine junge Frau angeierte. Widerlich. Ich altes Arschloch, dachte er und ging Kaffee holen. Für zwei.

»Du könntest sicher zu Mirja und Drago«, meinte er, als er Lisa den Becher hinstellte.

»Wirklich?«, Lisa schaute ihn mit ihren verweinten Bambiaugen an.

»Klar«, antwortete Schneider – wenn ich es doch sage, dachte er ungeduldig –, »die beiden haben ein grosses Haus, ein grosses Herz und jede Menge Erfahrung mit so Liebeskram und Krisen aller Art.«

Und weil Schneider heute einen ganz sozialen Tag hatte, rückte er die Box mit Lisas Papiertaschentüchern in ihre Nähe. Die zupfte sich ein paar heraus und trocknete Augen und Nase. Dann seufzte sie tief.

»Danke für den Kaffee.«

»Gern geschehen.«

XVIII

Später, als Lisa sich wieder ein wenig gefangen, einen BH angezogen hatte und Schneider sich wieder konzentrieren konnte, standen sie an ihrem Whiteboard und studierten einmal mehr den Tathergang. Schneider hatte die Gärtnerei aufgezeichnet, den Fluss und das Gewächshaus, wo das Opfer laut Dracula sein endgültiges Ende gefunden hatte. Schneider und Lisa hatten in den vorangegangenen Tagen immer wieder die Umgebung der Gewächshäuser studiert.

»Der einzige Weg zum Fluss herunter führt von dem grossen Gewächshaus weg, in dem der Tote hing. Ansonsten verläuft der Fluss kilometerweise in dem tieferen Tal, zu dem es über lange Strecken hinweg keinen richtigen Zugang gibt«, fasste Schneider die Lage vor Ort noch einmal zusammen.

Er hirnte hin, hirnte her.

»Wie würdest du so einen Mord begehen?«, wollte er schliesslich von Lisa wissen. Die starrte ihn entsetzt an, wurde bleich und

Schneider schob ihr schnell einen Stuhl hin, denn sie sah aus, als wolle sie gerade in Ohnmacht fallen. Lisa schob den Stuhl wieder weg und antwortete mit, wie Schneider fand, leicht zickigem Unterton: »Ich würde gar keinen Mord begehen.«

Schneider zuckte mit den Augenbrauen.

»Zu einem Mord ist jeder fähig, der Trigger muss einfach stark genug sein«, dozierte er.

Wie auch immer, Lisa hatte offenbar kein Bedürfnis, sich in ihren Täter hineinzufühlen.

Schneider fuhr also fort mit seinen Gedankengängen: »Zum Fluss ist er sicher freiwillig gegangen.«

Er malte eine Linie von der Gärtnerei zum Fluss hin.

»Dort muss es dann zum Streit gekommen sein. Zum Gewächshaus ging er dann wohl nicht mehr zu Fuss. So halb erstochen und halb ertrunken.«

»Der Weg ist ja eigentlich nur den Leuten bekannt, die in der Gärtnerei arbeiten oder sonst irgendeine Verbindung dazu haben. Also kannten sich Täter und Opfer. Und der Täter muss recht stark gewesen sein«, grübelte Lisa halblaut.

»Nicht unbedingt. Dracula sagt, dass der Täter mit einem Gegenstand auf das Opfer eingeprügelt hat. Diesen Gegenstand finden wir da unten natürlich niemals, aber ich nehme mal an, dass das ein grösserer Stein war, von denen viele am und im Fluss liegen. Und in der Gärtnerei haben sie genug Transportvehikel. Damit kann auch jemand, der dem Opfer körperlich eigentlich nicht gewachsen war, einen schwereren Körper transportieren.«

Beide standen vor dem Whiteboard und überlegten.

Schneider dachte laut weiter: »Der Täter hat das Opfer unter irgendeinem Vorwand zum Fluss gelockt. Dort hat es dann wohl Streit gegeben. Oder vielleicht auch keinen Streit …«, er hob beide Hände.

»Wie auch immer, ganz so spontan kann die Tat nicht gewesen sein. Erstens war der Täter mit dem Opfer zu einer Zeit, zu der kein anderer mehr in der Gärtnerei gewesen war, am Fluss spazieren gegangen.«

Lisa nickte.

Schneider sprach weiter: »Zweitens: Das Messer – natürlich haben viele Leute häufig ein Messer dabei. Gärtner sowieso. Dann aber meist so ein Schweizer Klappdings oder eine Gartenschere, nicht so ein seltsam geformtes Spezialmesser, das Renfield irgendwo bei den Austernmessern verortet hat.«

»Du meinst, er hat bewusst ein Messer mitgenommen, das sich für einen Mord gar nicht eignet?«, erkundigte sich Lisa.

»Ja, das wäre möglich. Ich denke, der Täter hat wohl irgendwann einsehen müssen, dass das Messer zu kurz war, um Stefan Bergs Fettwampe zu durchdringen. Erscheint mir aber tatsächlich ziemlich unlogisch, jemanden mit dem Messer nur zu verletzen und dann so einen Aufwand zu betreiben, um ihm endgültig den Garaus zu machen.«

Schneider drehte sich zu Lisa, die, wie er erfreut feststellte, gebannt an seinen Lippen hing. Mit stolzgeschwellter Brust fuhr er fort: »Vielleicht war das aber auch Absicht, das Opfer einfach mit dem Messer nur zu verletzen. Aus welchem Grund auch immer. Irgendwann hat der Täter dann das halb bewusstlose und schon ziemlich angekratzte Opfer unter Wasser gedrückt und wohl festgestellt, dass das Wasser zu flach war, um ihn fachgerecht zu ertränken.«

»Vielleicht war das mit dem Erhängen auch schon im Vorab geplant gewesen, und der Täter hatte schon irgendwo einen Transportwagen am Fluss geparkt«, warf Lisa ein.

Das machte für Schneider keinen Sinn, einen Mord so zu planen. Das käme ja schon einem Ritualmord gleich.

»Möglicherweise war der Täter auch einfach zu dämlich, um den Mord an einem Stück durchzuziehen. Dumme Mörder gibt es schliesslich allenthalben.«

»Dann meinst du, dass der Mord doch eher ungeplant gewesen ist?«, fragte Lisa.

»Ich denke schon. Also, das Motiv war sicher da, die Absicht auch, aber die Durchführung selber erscheint mir doch eher chaotisch.«

Lisa nickte und schwieg.

Schneider dozierte weiter: »Dracula hat keine Abwehrverletzungen gefunden. Einen Kampf kann es also demnach nicht gegeben haben. Wahrscheinlich hat der Täter sein Opfer von hinten angefallen. Stefan Berg war wohl zunächst schlichtweg zu überrascht und später zu verletzt, um sich zu wehren. Schliesslich hat der Täter den Halbtoten auf einen kleinen Wagen geladen, um das bereits schwer angeschlagene Opfer in die Gärtnerei zu bringen. Ganz sicher hat er einen Wagen gehabt, denn niemand kann einen Mann von Stefan Bergs Statur tragen. Vielleicht kann die Spurensicherung ja noch den richtigen in der Gärtnerei ausfindig machen. In der Gärtnerei selbst gibt es natürlich zahlreiche Möglichkeiten, Stefan Berg unter die Decke zu hängen. Seile, Verlängerungskabel, Gabelstapler – es findet sich dort ja eigentlich alles.« Er machte eine kurze Pause. Und schloss seine Überlegungen mit folgenden Worten: »Also, zuerst verprügelt, dann halb erstochen, danach halb ertränkt und schliesslich aufgehängt. In den meisten Fällen werden Menschen entweder mit einer Schusswaffe, dem guten alten Daunenkissen oder einem Messer getötet. Der Fall hier ist schon etwas Besonderes«, freute sich Schneider schon fast. »Wir suchen also einen Täter, der sein Opfer abgrundtief gehasst hat, eher chaotisch veranlagt und ziemlich unstrukturiert ist. Und nicht allzu helle.«

Er schaute zu Lisa, um die Wirkung seiner Schlussfolgerungen zu überprüfen. Die stand aber einfach neben ihm und schien mit den

Gedanken sehr weit weg. Schneider schubste sie an: »Hey, noch da?«

Lisa schaute ein wenig schuldbewusst. »Ich habe gerade an meine Eltern gedacht«, gab sie schliesslich zu. »Sie fehlen mir. Gerade heute.«

»Würden die dir nicht den Kopf abreissen, weil du Super-Eric hast sitzen lassen?«, wunderte sich Schneider.

Lisa sah ihn ganz perplex an. »Nein, wieso? Mama und Papa haben ja auch in den letzten Monaten gemerkt, dass Eric nicht so für mich da war, wie das in einer Partnerschaft sein sollte. Ich meine, sie waren immer nett zu ihm und all das, aber natürlich ist es ihnen wichtiger, dass es mir gut geht. Anfangs waren sie froh, dass Eric mit mir hierhergezogen ist. Aber sie haben auch gemerkt, dass er mich nicht genug unterstützt.«

Lisas Augen glänzten bereits wieder verdächtig. Schneider hoffte seufzend und im Stillen, sie möge nicht wieder anfangen zu weinen.

»Hatten die für dich nicht auch einen anderen Beruf im Sinne?«, wollte er trotzdem wissen.

»Nö. Sie haben immer gesagt, ich solle machen, was für mich passt. Ich habe ihnen meine Berufswahl begründet und sie haben das natürlich verstanden.«

»Natürlich ...«, murmelte Schneider.

Lisas Familie kam anscheinend von einem anderen Planeten. Intakt und liebevoll. Schneider stellte sich kurz vor, wie Papi sie jetzt im Arm halten und Mutti Kekse für alle backen würde. So zuckerübergossen wie in Disneyland. So eine Familie verlässt man nicht, ganz sicher nicht. Zu so einer Familie geht man immer zurück, wenn man kann. Schneider seufzte noch einmal, tief und schwer.

XIX

Nach seinem filmreifen Abgang hätte der Tote eigentlich auch eine filmreife Beerdigung mit Gewitter und Starkwind verdient, fand der Mörder. Allerdings strahlte die Sonne vom Himmel, es ging ein laues Lüftlein, watteweisse Wölkchen formten allerlei lustige Sachen am Himmel. Die Vöglein zwitscherten, die Bienen summten. Eine friedvolle Idylle umschmeichelte alle Trauergäste, während sie dem Sarg mit dem zerhackten, erhängten und ausgeweideten Toten folgten.

Viele waren gekommen, um dem Toten die letzte Ehre zu erweisen. Ein regelrechter Strom an schwarz gekleideten Menschen flutete den Friedhof und nicht alle fanden Platz in der Kapelle. Der Mörder dachte, dass das eindeutig zu viel des Guten für diesen Nichtsnutz war. Ihn beruhigte allerdings die Erkenntnis, dass die meisten wahrscheinlich wegen der geschäftlichen Verbindungen zu der Familie hier waren und nicht aus ehrlicher Anteilnahme oder gar Trauer. Nicht einmal die Ehefrau weinte. Bleich war sie, aber das war sie immer schon gewesen, und mit den Kindern überfordert, die auch am Tag der Beerdigung ihres Vaters nicht aufhörten zu zanken. Ihre Mutter gab ihnen irgendwann ihre Handys und die kleinen, missratenen Bälger gamten für den Rest des Tages.

In der Menge entdeckte der Mörder die zwei Bullen. Der Kommissar hatte einen nichtssagenden grauen Anzug an. Er wollte wohl möglichst unauffällig an der Beerdigung teilnehmen und die Gäste beobachten, denn es war ja schliesslich Krimi-ABC, dass der Mörder zur Beerdigung seines Opfers kam. Wobei sich der Mörder bewusst war, dass er diesen Kommissar nicht unterschätzen durfte. Der liess seine Adleraugen über alle gleiten und blieb auch kurz an ihm hängen. Der Mörder schaute möglichst unbeteiligt zurück. Der Kommissar scannte weiter und sein suchender Blick kam dann auf der Mutter zur Ruhe. Der Mörder amüsierte sich im Stillen. Der Kommissar schien die Alte bereits gefressen zu haben. Wenn Blicke töten könnten, dann wäre bald die nächste Beerdigung fällig.

Der Mörder betrachtete die Polizistin. Die hatte diesen dienstlichen Anlass offensichtlich mit einem Beerdigungscatwalk verwechselt: Sie trug ein schwarzes Kostüm, High Heels und eine grosse, schwarze Sonnenbrille. Die blonden Haare hatte sie zu einem runden Dings am Hinterkopf aufgesteckt. Sie hatte so einen heissen Anwältinnen-Sado-Maso-Look und sah derart scharf aus, dass alle Leute sich die Hälse verrenkten, um einen Blick auf sie zu erhaschen. Unauffällig ging anders.

Der Mörder schlenderte in Richtung der beiden Polizisten. Die waren jetzt miteinander beschäftigt und so konnte er ungestört lauschen.

»Konntest du nicht irgendwas anderes anziehen?«, pfiff der Kommissar Blondie an.

»Wir sind an einer Beerdigung, Christian. Da trägt man Schwarz«, gab Blondie in einem Ton, in dem sie wohl auch mit einem nörgeligen Kleinkind reden würde, zurück. Der Kommissar sah aus, als würde er sie am liebsten anschreien. »Die engsten Angehörigen tragen Schwarz. Du bist keine Angehörige. Ausserdem ist der Rock zu eng und die Schuhe sind zu hoch!«

»Sorry«, erwiderte Blondie mit einem leicht zickigen Unterton, »aber Kartoffelsäcke und Birkenstocks waren aus.«

Der Mörder fand das lustig. Ob die beiden überhaupt einen Fall zusammen aufklären konnten, so wenig grün, wie die sich waren? Eher nicht – das war ja eigentlich eine gute Nachricht für ihn. Die schlechte Nachricht war, dass er sich ursprünglich einmal mehr von dem Mord versprochen hatte. Erleichterung wenigstens, wenn nicht sogar Erlösung. Stattdessen war der Tote jetzt halt kein lebendiges Arschloch mehr, sondern ein totes, immerhin das, aber stören tat er immer noch. Zum Beispiel heute, wo er mit grossem Tamtam beerdigt wurde. Aber auch sonst, da der Tote kein Testament und seiner Familie somit einen Haufen Probleme hinterlassen hatte. Ausserdem hatte der Mörder das nun nicht mehr wegzudiskutierende Problem, dass er ein gesuchter Mörder war.

Die beiden Polizisten standen also auffällig unauffällig am Rand der Trauergesellschaft und scannten die Anwesenden.

»Die Mutter ...«, sagte Blondie leise, »krass. Als gäbe es nur ihre Trauer.«

Der Kommissar nickte. Der Mörder begann Blondie zu mögen. Die Mutter liess sich von ihrem Mann stützen, schwankte zwischendurch dramatisch hin und her, heulte, röchelte und jammerte in einem fort: »Oh mein Gott, was hat man mir nur angetan! Was muss ich noch alles erdulden im Leben!« Und so weiter. Blondie murmelte etwas vor sich hin, was »Wie erbärmlich« klang und der Mörder konnte da nur zustimmen. Die Mutter war aber wohl wild entschlossen, die Situation zu ihren Gunsten zu nutzen.

Der Vater stand da in seinem schwarzen Anzug und schaffte es trotzdem, grau auszusehen. Irgendwie leicht angestorben, als könne man ihn direkt mitbeerdigen. Er war allerdings nahezu unsichtbar neben dem Klageweib und so kondolierte ihm auch fast niemand. Diese Frau saugte alles Mitgefühl für sich auf. Liess niemandem Platz neben sich.

Der Mörder dachte an die Nacht, in der er zum Mörder geworden war. So würde es in allen Zeitungen stehen: Da ist er, der Mörder. Mit Bild und allem Drum und Dran. Alle würden ihn verurteilen. Was der Tote dazu beigetragen hatte, wäre dann unerheblich. Schon oft hatte er daran gedacht, ihn zu ermorden. Immer wieder verschiedene Möglichkeiten durchgespielt. Nach jeder neuen Demütigung hatte er sich mit dem Gedanken getröstet, dass er, wenn er denn wollte, dem Ganzen ein Ende setzen konnte. Schlussendlich war es eine Ohrfeige gewesen, die das Fass zum Überlaufen gebracht hatte. Er hatte bei der Arbeit irgendetwas nicht »richtig« gemacht, hatte der Tote gefunden, hatte ihn angebrüllt und schliesslich geschlagen. Das eine Mal zu viel. Zwei Wochen lang war der Mörder dann mit den Planungen beschäftigt gewesen. Schliesslich war das künftige Opfer ein echter Brocken, gross, dick, kräftig. Also waren Konzeption und Hirn gefragt. In der Theorie hatte er sich alles noch relativ einfach vorgestellt. In der Praxis hatte sich alles als etwas komplizierter herausgestellt, allein schon, wegen des körperlichen Umfanges des Toten in spe und auch, weil der Fluss zu wenig Wasser geführt hatte.

Der Mord war denn echte Schwerstarbeit gewesen. Physisch und emotional. Der Tote war nämlich kein duldsames Opfer gewesen. Er hatte beständig vor sich hingebrabbelt und sich nonstop beschwert, obwohl er von den Schlägen auf den Hinterkopf recht benommen gewesen war. Eine gewisse Ähnlichkeit mit seiner sich ewig und drei Tage beschwerenden Mutter war nicht von der Hand zu weisen.

»Halt die Klappe, du Arschloch!«, hatte der Mörder den nun Toten immer wieder angeschrien. Ihn hatte das Gejaule gestresst. Dieser hatte ihm aber gar nicht zugehört. Wie immer. Bis ganz zum Schluss, bis er schliesslich am Kabel unter der Decke gehangen hatte, hatte er Laute jedweder Art von sich gegeben. Aber irgendwann war dann Ruhe eingekehrt. Ruhe, Frieden und Totenstille. Der Mörder war erleichtert nach Hause gegangen.

XX

Die Angestellten waren vollzählig erschienen, soweit Schneider das beurteilen konnte. Wirklich unglücklich schien niemand, was bei der Persönlichkeit des Toten und seinem Führungsstil nicht weiter verwunderlich war. Es werden eben nicht nur nette Menschen ermordet. Dann waren da noch Geschäftspartner, Kunden, ein paar Vertreter der Stadtverwaltung und weitere, die für Schneider nicht weiter von Belang waren. Denn er war überzeugt, dass der Täter im engeren Umfeld zu finden war. Und irgendwas war da immer noch in seinem Hirn. Eine Empfindung, die er seit Tagen zu greifen versuchte, die sich ihm aber immer wieder entzog.

»Auf wen tippst du?«, fragte Lisa, als ob sie seine Gedanken gelesen hätte.

»Schwierig. Ich denke, da war grosse, lang unterdrückte Wut dabei. So was entwickelt sich meist über Jahre hinweg«, murmelte Schneider, »die Ehefrau würd ich mal ausklammern. Die hätte eher Grund, die Alte da umzulegen. Und ihr fehlt es an körperlicher Kraft, Transportwagen hin oder her. Auch der Vater hätte mehr Grund, seine Frau umzubringen. Ich an seiner Stelle ...«

Lisa schaute ihn entsetzt an: »Aber Christian, das ist nicht lustig!«

Schneider drehte den Kopf zu ihr hin und starrte sie mit seinen blauen Eisaugen an. »Seh ich aus, als ob ich Witze mache?«

»Nicht wirklich«, murmelte Lisa, während sie so aussah, als würden ihr die Nackenhaare einfrieren.

»Der Bruder«, sagte Schneider, »der vielleicht. Oder der Vorarbeiter. Amir vielleicht. Eigentlich hatten ja viele einen guten Grund.«

Beide schwiegen. Der Sarg wurde nun in die Erde gelassen und der Pfarrer sprach ein paar salbungsvolle Worte. Wie wunderbar, kompetent und beliebt der Verstorbene gewesen sei. Welch grosse Lücke er in seiner Familie und in seinem Betrieb hinterlasse. Und so weiter. Schneider wäre es zu gegebener Zeit lieber, wenn der Pfarrer gar nichts sagen würde, als sich da irgendeinen Mist aus den Fingern zu saugen. Falls überhaupt jemand zu seiner Beerdigung kommen würde. Single, kinderlos, Bruder tot, Mutter tot, sein Vater bis dahin höchstwahrscheinlich ebenfalls, sonst keine Verwandten, ausser einer irren Cousine, die auf der Suche nach Erleuchtung durch die ganze Welt reiste. Dracula und Peter kämen vielleicht, falls er vor den beiden sterben sollte.

Familie, Freunde und Mitarbeiter gingen am Grab vorbei, warfen Erde und Blumen hinein.

Schneider erinnerte sich dabei wieder an die Beerdigung seines Bruders. Irgendwie war die ähnlich gewesen. Seine Mutter mit Volldrama, er selbst und sein Vater als stumme Statisten. Peter und Dracula waren auch dabei gewesen und nur dank ihrer hatte Schneider die Beerdigung durchgestanden. Also, dank ihrer und Draculas Zauberpillen. Es war kurz nach seiner zweiten Scheidung gewesen, als er Jan telefonisch nicht erreichen konnte. Nach ein paar Tagen hatte er sich Sorgen gemacht, auch weil Jan nicht zur Arbeit erschienen war. Er war mit Peter schliesslich nach einem Einsatz bei der Wohnung seines Bruders vorbeigefahren. Sie hatten geklin-

gelt und geklingelt und dann die Tür einge-
treten. Peter war voraus gegangen und hatte
Schneider aber am Eingang des Wohnzim-
mers zurück in den Gang gedrängt. »Geh da
nicht rein«, hatte Peter versucht, ihn zurück-
zuhalten, doch Schneider hatte nicht auf ihn
gehört. Dort im Wohnzimmer, an einem der
Deckenbalken, hatte sein Bruder gehangen.
Und das wohl schon die besagten paar Tage.
Er hatte ausgesehen, wie Tote halt irgendwann so aussehen, und gerochen, wie Tote
halt irgendwann so riechen. Er hatte nichts
hinterlassen. Keine Nachricht, keinen Ab-
schiedsbrief, nichts. Er hatte sich einfach umgebracht, ohne irgendjemanden eingeweiht
zu haben.

Die Frage nach dem Warum trieb Schneider seitdem um, und er hatte sie nie wirklich
beantworten können. Er wusste, dass Jan ein
unglücklicher Mensch gewesen war, erfolg-
los im Berufs- wie im Privatleben. Die Ausbildung mit Ach und Krach bewältigt, von einem Job zum nächsten tingelnd. Hatte er mal
ein Mädchen nach Hause gebracht, hatte ihre
Mutter das konsequent sabotiert. Eine hatte
sich sogar mal an ihn, Schneider, herange-

macht. Ihre Eltern hatten seinem Bruder nie das Gefühl vermittelt, dass er in der Familie willkommen sei. Und sein Bruder hatte nie jemanden an sich herangelassen. Nicht einmal Schneider hatte ein enges Verhältnis zu ihm gehabt, sie waren sich immer ein wenig fremd gewesen. Nach dem Suizid hatte Schneider sich oft gefragt, was wohl Grund gewesen sein mochte, und ob er nicht irgendetwas hätte tun oder sagen können, um seinem Bruder das Leben zu erleichtern. Theoretisch wusste er, dass Jan seine eigene Entscheidung getroffen hatte und er, Schneider, nicht die Verantwortung dafür trug. Da Theorie und Praxis aber bekanntlich zwei verschiedene Paar Schuhe sind, wurde er oft von Schuldgefühlen heimgesucht. Wie es wohl dem Bruder des Toten jetzt ging? Schneider schaute zu ihm rüber. Der verzog keine Miene. War wie tiefgefroren. In dieser Familie war es offenbar nur der Mutter gestattet, Emotionen zu haben. Alle anderen hatten zu funktionieren. Schneider kniff seine Lippen zusammen. Alte Hexe.

XXI

Muss das sein?«, fragte Lisa leicht genervt. »Wir haben schliesslich einen Fall zu bearbeiten. Und ich bin grad mit Sina Berg, der Schwester unseres Opfers, am Chatten, wann sie nun endlich einen Flieger in Richtung Zivilisation hat.«

»Wieso telefoniert ihr nicht einfach?«, wunderte sich Schneider. »Ausserdem ist die Beerdigung doch eh schon durch.«

»Naja, sie hatte eigentlich vor, zur Beerdigung zu kommen, aber dann hatte das Unwetter auf den Philippinen den Abflug verhindert. Aber sie meinte, sie wollte ohnehin einmal wieder in Europa vorbeischauen.«

»Aha. Also, ab zum Schiesstraining. Dauert auch nicht lange«, versuchte Schneider Lisa zu locken. »Und du bist hinten dran. Wenn du heute 45 Schuss machst, bist du wieder im Zeitrahmen mit deinem Schiesspensum.«

Lisa, die sonst immer sofort und begeistert dabei war, wenn es etwas zu Lernen gab, ging gar nicht gerne an den Schiessstand. Drückte sich herum und schob es vor sich her, so wie Schneider das Hemdenbügeln. Schiessen gehörte wirklich nicht zu ihren Kernkompetenzen. Oder der Umgang mit der Waffe überhaupt. Wobei es offenbar ohnehin eine Lawine an Papierkram und Prozessen mit sich brachte, wenn man als Kriminalbeamter tatsächlich mal die Waffe zog und – um Himmels willen!!! – dann auch noch abfeuerte. Schneider hatte ihr kürzlich erst erzählt, dass sein Ex-Partner Peter einmal im Dienst hatte schiessen müssen und dann drei Monate lang mit dem Papierkram und Befragungen beschäftigt gewesen war. Inklusive psychologisches Gutachten. Peter hatte gesagt, dass er sich das nächste Mal lieber selber erschiessen lassen würde, das wäre einfacher. Und der Täter hätte sowieso weniger Formulare auszufüllen.

Schliesslich konnte Schneider Lisa doch überzeugen, dass ihr etwas Bewegung guttun würde, und so fuhren sie zum Schiessstand. Wobei sich Lisa eher ein bisschen genötigt denn überzeugt vorkam, aber wenigstens gab Schneider nun Ruhe.

Der Schiessstand hatte den Charme einer

Schulturnhalle. Roch nach schweissigen Füssen, nie gereinigten Toiletten und fiesen Lehrern. Lisa fummelte so lange und umständlich an ihrer Dienstwaffe herum, bis Schneider sie ihr entnervt aus der Hand riss und selbst lud.

Schneider ging wie immer an einen Stand und feuerte seine obligatorischen Schüsse ab, einhändig und alle dahin, wo sie hingehörten. Eine echte Django-Nummer.

Lisa hatte sich währenddessen, mit ihrem Schicksal und Schneider hadernd, mit der Waffe in beiden Händen in Position gestellt. Ihre Hände zitterten, sie hatte Angst vor der Waffe, vor dem Krach und auch Angst, wieder nicht zu treffen, sich zum Affen zu machen und überhaupt. Neulich erst hatte sie sich die Finger an dem Schlitten eingeklemmt, hach, es war einfach ätzend. Vielleicht hätte sie doch besser Jura studiert. Dann wäre Eric zufrieden mit ihr gewesen und sie müsste jetzt nicht ... wobei Luca wirklich ein ganz Lieber war ... auch wenn er irgendwie einen leichten Knall zu haben schien ...

»HEY, Schätzchen! Wenn du schiessen willst, musst du mindestens ein Auge aufmachen!«, brüllte der Standwart hinter ihr durch den Krach, den Schneider machte. Der Typ kam näher an sie heran.

»Komm, ich zeig dir das mal«, grunzte er und stand plötzlich direkt hinter ihr. Er war fett und roch nach Schweiss. Lisa erstarrte. Die Waffe in ihrer Hand löste fast einen Panikanfall in ihr aus und der Typ hinter ihr ekelte sie. Der legte schliesslich noch seine Arme um sie und schloss seine Hände fest über ihren. Lisa konnte seinen ganzen wabbeligen Körper an ihrem Rücken spüren. Seinen Kopf hatte er auf ihrer Schulter. Lisa begann zu zittern. Was tun? Um Hilfe schreien? Versuchen, dem Fettwanst in die Eier zu treten? Warum nur hatte sie nicht Jura studiert?!

Schreien hätte nichts genutzt bei dem Lärm, den Schneider machte. Und Treten schied auch aus, denn sie hatte immer noch diese verdammte Knarre in ihrer Hand, die sie hätte fallen lassen müssen, und das Ding war unberechenbar. Sie schloss die Augen und versuchte sich zu konzentrieren.

»Schätzchen, zum Schiessen müssen wir etwas sehen. Zumachen kannst du deine Äuglein dann für was anderes«, sabberte es ihr

ins Ohr. Lisa war kurz davor, hysterisch los-
zukreischen.

Dann hörte sich hinter sich Schneiders
Stimme: »Was ist denn hier los?! Machst du da
etwa grad meinen Partner an??? Finger weg.
Aber sofort!«

Der Fettwanst liess sie schneller als sofort
los und Lisa war frei. Sie schämte sich. Wie
hatte sie es nur so weit kommen lassen können? Sie schämte sich vor Schneider für ihre
Inkompetenz und Unfähigkeit. Sie konnte
keine Waffe laden, nicht schiessen und sich
nicht einmal so einen schmierigen Typen
vom Leibe halten. Am liebsten hätte sie los-
geweint. Schneider stellte sich neben sie.

»Alles in Ordnung, Lisa?«, erkundigte er
sich. Lisa schniefte. Und schüttelte den Kopf.
Dann sah sie Schneider an. Der hatte einen
Gesichtsausdruck drauf, der einen ausge-
wachsenen Grizzlybären das Fürchten ge-
lehrt hätte. Zum Glück galt der Blick dem
Fettwanst und nicht ihr.

Schneider war kreideweiss geworden und
hatte so einen verkniffenen Zug um den
Mund. Er sah so aus, als würde er den Fettwanst am liebsten einfach erschiessen. Eine

Kugel ins Hirn, eine ins Herz und eine in die Eier. Die Kniescheiben vielleicht noch. Oder ihm wenigstens kleine Holzspiesse unter die Fingernägel treiben.

»Pass mal auf, du dämliches, fettes Arschloch«, sagte Schneider mit Eisstimme und ging langsam auf den Standwart zu. »Du hast meinen Partner angefasst. Aber. meinen. Partner. fasst. niemand. an!« Schneiders Stimme klang nach ich-reiss-dir-deinen-fetten-Hals-auf-und-scheiss-einen-Riesen hauf-en-rein. Sehr bedrohlich. Und mit seinem rechten Zeigefinger stach er in Richtung Fettwanst. Der war um einiges käsiger geworden und ging langsam rückwärts. Schneider war auch dann schon eine körperlich beeindruckende Erscheinung, wenn er nicht gerade wütend wie ein Stier war. Und jetzt war er wütend. Und er hatte eine Waffe.

»Fass meinen Partner noch einmal an und ich breche dir jeden! einzelnen! verdammten! Knochen! in deinem fetten Körper! Bis dahin belasse ich es bei einer Meldung bei deinem Vorgesetzten. Du wirst also noch von uns hören. Und jetzt verpiss dich hier!«

Der Standwart flüchtete, so schnell es seine

Massen zuliessen, in sein Büro und beschloss, so nahm Lisa an, künftig nur noch Frauen zu betatschen, die ohne Partner kamen.

Schneider drehte sich zu Lisa, die mit geöffnetem Mund dastand. Er atmete tief durch.

»Also, bringen wir es hinter uns«, seine Stimme klang dabei erstaunlich freundlich und locker. »Stell dich hin, wie du es gelernt hast, nimm das Ding in beide Hände, mach ein Auge auf, das andere zu und schiess.«

Lisa hob die Waffe mit zitternden Händen und zögerte. Fast hätte sie das Ding fallen lassen.

»Stell dir vor, dass der Fettwanst da vorne steht«, ermunterte sie Schneider.

Lisa packte die Waffe und schoss das Magazin leer. Und noch eines und noch eines. Dem Muster nach zu urteilen, hätte der Fettwanst nur noch als Nudelsieb getaugt.

XXII

Bleich und verstört hatte sich Lisa in Mirjas Arme geworfen. Diese trat sofort in Aktion und begann, Lisa zu bemuttern. Sie hatte Lisa wirklich in ihr Herz geschlossen, denn wen Arturo liebte, der konnte nur ein guter Mensch sein. Mirja setzte Lisa in den grossen Sessel in der Küche, schob ihr einen Schemel unter die Füsse und kochte Tee. Die Zubereitung von Tee war bei Mirja eine heilige Amtshandlung und dauerte dementsprechend lange. Denjenigen, die sich darüber lustig machten, erklärte sie immer, dass die langen und sehr kultivierte Teetradition bei den Japanern und Chinesen noch viel länger dauerten. Die Kräuter für den Tee, den sie nach eigenen Rezepten zusammenmischte, zog Mirja im Garten und auf dem Küchensims. Für jede Teesorte hatte sie eine eigene Kanne. Mirja hatte sonst immer das Gefühl, dass sich die verschiedenen Aromen bissen, hatte sie der staunenden Lisa einmal ausgeführt.

Nach etwa einer Viertelstunde Teezubereitungszeremonie stellte Mirja eine grosse Kanne und zwei Becher auf den kleinen Tisch neben Lisas Sessel und setzte sich dazu. Einen Moment lang genoss Mirja schweigend den Duft, während sie die verstörte Lisa musterte. Ob Schneider ...? Doch bevor sie zu viele Schlussfolgerungen zog, die sich am Ende dann hoffentlich als falsch erweisen würden, fragte sie: »Was ist passiert?«

Lisa erzählte. Mirja hörte zu und unterdrückte den Impuls, gleich loszureden, nachdem Lisa geendet hatte. Schliesslich stellte sie fest:

»Du hast dich geschämt.«

Lisa nickte: »Ich hab mich wie ein Vollidiot gefühlt. Ich hatte auch ehrlich gesagt damit gerechnet, dass Christian mir Vorwürfe machen würde.«

»Vorwürfe? Weswegen? Weil du den Kerl nicht erschossen hast?«, wunderte sich Mirja. Sie hätte von der Waffe Gebrauch gemacht. Hatte sie auch schon einmal, aber das war eine andere Geschichte. Lisa jedenfalls schien da mehr Skrupel zu haben.

»Weil ich dumm bin und unfähig, nicht mal

die Waffe selber richtig laden kann, nicht treffe und mich von fetten, stinkenden Männern betatschen lasse.«

Lisa schluckte und kämpfte offenbar mit dem Frosch in ihrem Hals und der Sintflut in ihren Augen.

»Christian hat das offenbar aber anders gesehen.«

»Er hatte wohl ausnahmsweise mal einen guten Tag«, murmelte Lisa. Und dann liess sie die Sintflut los. Mirja reichte ihr ein Taschentuch, dann ein zweites und wartete. Als Lisa sich ein wenig beruhigt hatte, fing Mirja an zu sprechen: »Mein liebes Kind – ich sage jetzt liebes Kind, nicht, weil du wirklich noch ein Kind bist, sondern weil ich schon so alt bin. Also, mein liebes Kind, ich kann verstehen, dass du so denkst. So geht es wohl jeder Frau, die sexuell belästigt und zum Gegenstand perverser Bedürfnisse degradiert wurde. Aber – du kannst mir glauben – der andere ist der Idiot. Und dass Christian dich in der Situation beschützt hat, ist von ihm zu erwarten. Er war da und er konnte handeln, im Gegensatz zu dir. Es ist schwierig, mit einer ungesicherten Waffe in der Hand um sich zu treten, ohne jemanden ernsthaft zu verletzen.«

Das war anscheinend Lisas grösste Sorge gewesen, auch wenn Mirja das nicht wirklich verstehen konnte.

»Ich mache mir auch Vorwürfe, dass ich Christian ein Klotz am Bein bin. Ich bin nicht so gut und fähig wie er. Ich komme mir neben ihm wie ein kleines, dummes Mädchen vor, während er der Supermann ist.«

Lisa jammerte jetzt ein bisschen, aber das schien ihr gutzutun.

»Aber du bist doch auch erst halb so alt wie er!«, hielt Mirja dagegen, »Was meinst du, wie er als junger Beamter war. Peter hat ihm mehr als einmal aus der Patsche helfen müssen.«

Mirja verdrehte die Augen. Schneider war ihr damals wie die berühmte Kanonenkugel vorgekommen, die auf dem Schiffdeck herumrollt und alles zu Klump verarbeitet. Glücklicherweise war auch er mittlerweile ein wenig erwachsener geworden.

Sie fuhr fort: »Auch Christian hatte seine privaten Krisen. Die zwei Scheidungen. Der Selbstmord seines Bruders. Da hat er auch Hilfe gebraucht.«

Mirja schwieg und liess ihren Blick durch das Fenster in den Garten schweifen. Dann erzählt sie weiter: »Er brach damals völlig zusammen. Drago und Peter hatten sich die grössten Sorgen um ihn gemacht und sich immer abwechselnd um ihn gekümmert. Er konnte nicht arbeiten. Eigentlich konnte er gar nichts mehr. Zwei Wochen war er hier, und wir alle haben versucht ihn wieder auf die Beine zu stellen. Drago musste ihn mit Medikamenten stabilisieren.

Sonst wäre er wohl vor den nächsten Zug gelaufen. Sogar ein Christian Schneider ist mal schwach und hilflos und braucht einen anderen Menschen.«

Lisa sah sie ein wenig ungläubig an: »Das kann ich mir gar nicht vorstellen. Auf mich wirkt er so, als würde ihn gar nichts umhauen.«

»Du kannst mir glauben«, Mirja lächelte, »ihm ging es wirklich schlecht. Und seine Eltern waren auch keine Hilfe.«

Mirja schwieg einen Moment. Sie war mit ihren Gedanken in der Vergangenheit. Ihr Sohn und Peter hilflos und voller Sorgen. Schneider entweder schreiend oder im Medikamentenrausch auf dem Sofa. Dessen Mutter, die immer wieder anrief und irgendwas verlangte. Drago, der sie immer wieder abwimmelte. Damals hatten sie sich zu dritt abgewechselt. Sie hatte dafür plädiert, Schneider in die Geschlossene zu bringen, sie hatte die Verantwortung nicht übernehmen wollen. Doch ihr Sohn und Peter hatten das kategorisch abgelehnt, zu stark war ihr Bedürfnis gewesen, ihn zu schützen und dafür zu sorgen, dass Schneider seinen Job behalten konnte. Mirja war es nicht leicht gefallen, für Schneider einen Platz in ihrem Herzen zu finden, doch jetzt gehörte er zur Familie. Bei Lisa war das sofort anders gewesen, diese strahlte so viel Wärme und Freundlichkeit aus, dass man sie einfach gernhaben musste. Warum sie Kriminalbeamtin geworden war, konnte Mirja allerdings nicht ganz nachvollziehen.

Sie wandte sich wieder an Lisa: »Und weisst du, ich finde es absolut bewundernswert, dass du dich für diesen Job entschieden hast. Mit deinem Aussehen hättest du leicht ein Vermögen als Model verdienen können. Mit deiner Intelligenz und Gewissenhaftigkeit hättest du es zur Staranwältin bringen können. Aber aus irgendeinem Grund hast du dich für den Beruf als Kriminalbeamtin in der Mordkommission entschieden, wahrlich kein einfacher Job. Und dann mit Christian als Partner, der ja manchmal wirklich schwierig ist.«

»Das ist er allerdings«, seufzte Lisa mit einem kleinen Lächeln. »Aber er weiss auch viel. Ich kann von ihm jeden Tag etwas Wichtiges lernen.«

Mirja musste schmunzeln. Das war es wohl, was sogenannte Motivationscoaches als »positives Denken« bezeichneten und für dessen Vermittlung sie ein halbes Vermögen einstrichen.

»Ich denke, das beruht auf Gegenseitigkeit. Du tust ihm gut und rückst sein etwas verschobenes Frauenbild wieder zurecht. Seine Exfrauen … lieber Himmel.« Mirja verdrehte die Augen.

Lisa sah sie neugierig an. »Kanntest du seine ehemaligen Frauen?«, wollte sie wissen.

»Ja«, Mirja nickte, verzog den Mund und schüttelte sich kurz. Die Abende, an denen sie Schneider und die jeweils Neue zum Essen eingeladen hatte, waren ihr noch lebhaft in Erinnerung. Ehefrau Nummer eins war einfach eine unvorteilhafte Mischung aus Elend, Langeweile und beschränktem Horizont gewesen. Ehefrau Nummer zwei hatte der damals noch junge Arturo ungebremst angefallen und sich in ihren Knöcheln verbissen. Dann hatte sie Schneider den ganzen Abend mehr oder weniger dezent darauf hingewiesen, dass sein Gehalt wohl nicht für eine derart exklusive Einrichtung wie bei den Mihaljovics reichen würde. Und ein unglaublich langes Lamento darüber losgelassen, warum es ihr nicht möglich war, selbst zu arbeiten – was Mirja kurz als Gegenmittel für finanzielle Engpässe vorgeschlagen hatte. Schneider hatte sich während der Tiraden mit Bier zugeschüttet und geschwiegen. Nach den Besuchen hatte Mirja immer das gesamte Haus mit Weihrauch geräuchert, um die schlechten Energien zu vertreiben.

»Beide waren nicht gerade die Herzenswärme in Person. Sie waren beide sehr dominant, die Erste wohl auch noch depressiv. Haben sich immer in den Vordergrund gedrängelt. Ich empfand beide immer als recht kalt. Und auch als ziemlich übergriffig. Christian hat sich gleich zweimal die Falsche ausgesucht. Wobei er ja auch nicht gerade der Männerjackpot ist.« So viel Ehrlichkeit musste sein. Denn auch wenn Schneider jetzt so etwas wie ihr Stiefsohn war, als Ehemann war er wohl schlichtweg untauglich, egal mit welcher Ehefrau. »Seine zweite Frau hatte dann ziemlich schnell mal einen Liebhaber. Alle ausser ihm wussten davon. Oder vielmehr, er wollte es wohl gar nicht wissen. Als er nicht länger die Augen verschliessen konnte, drehte er durch.«

»Was heisst das?«, fragte Lisa mit schreckgeweiteten Augen.

»Naja, Peter musste ihn regelrecht bei sich einsperren, damit Christian keine Dummheit macht, die er heute noch bereuen würde.«

Mehr sagte sie nicht dazu. Sie nahm an, dass Lisa sich denken konnte, dass Peter Schneider damals daran hatte hindern müssen, seine Frau und deren Liebhaber mit der Dienstwaffe ins Jenseits zu befördern. Mirja zwinkerte Lisa zu. »Ich bin ja keine Beziehungsexpertin. Ich habe selbst nach meiner Ehe mit Dragos Vater keine dauerhafte Partnerschaft hinbekommen und bin vielleicht auch einfach zu eigenbrötlerisch dafür.« So ehrlich dürfte sie mit sich wohl sein. »Ich mag es nicht, wenn mir jemand in mein Leben reinredet. Aber eines habe ich mittlerweile über Beziehungen gelernt: Wenn man den anderen nicht so akzeptieren kann, wie er ist, mit all seinen Stärken und Schwächen, Macken und Neurosen, dann funktioniert das nicht. Und man muss gar nicht auf den Gedanken kommen, dass man seine Partnerin oder seinen Partner irgendwie verändern könnte. Menschen verändern sich. Aber eben nicht so, wie ein anderer es gerne hätte.«

XXIII

Akuter Koffeinbedarf hatte Schneider in die Kaffeeküche getrieben. Als er aber die Tür zu dem Raum aufriss, bekam er einen akuten Adrenalinschock. Lisa stand dort mit dem Rücken zur Tür. Mit Luca, dem Drogenhänsel. Und die Hand vom Drogenhänsel befand sich da, wo sie nicht hingehörte, so unter Arbeitskollegen. Scheiss die Wand an, fluchte Schneider in sich hinein, der nächste Idiot. Der Drogenhänsel war klein und dünn, hatte eine riesige Nase und krumme Beine. Wie konnte eine so hübsche Frau nur einen so fatal miesen Männergeschmack haben? Ausserdem arbeitete er im falschen Departement. Drogenfahnder waren schlimmer als Escobars Putzkolonne. Die meisten waren selbst nicht sauber. Adrenalin sticht Koffein, und so schlug Schneider die Türe wieder zu.

Lisa zuckte zusammen. »Wer war das?«, fragte sie Luca.

»Ich glaub, das war dein Partner«, murmelte dieser beschämt.

Lisa schlug die Hände vors Gesicht. Das war doch der Klassiker, über den sich immer alle lustig machten: ein heimliches Techtelmechtel am Arbeitsplatz. Dass sie bei Eric ausgezogen war und nun in Draculas Schloss wohnte, wusste ausser Dracula und Schneider noch niemand, offiziell war immer noch Eric ihr Freund, vor ein paar Wochen hatte er sich ja noch in der Abteilung als solcher vorgestellt. Ausser Schneider hatte noch niemand etwas von ihrem persönlichen Liebesdrama mitbekommen. Und solange dieser das nicht herumerzählte, würde das auch so bleiben. Hoffentlich. »Ich glaube kaum, dass dein Schneider das herumtratscht«, suchte Luca ihre Bedenken zu zerstreuen.

Lisa nickte. Vermutlich hatte Luca da recht. Trotzdem war es ihr unangenehm. Auch wenn Luca ein wunderbarer Mann war, der sich von Anfang an sehr ins Zeug gelegt hatte, um sie von seinen Qualitäten zu überzeugen. So hatte er sogar vor ein paar Tagen zwei kleine Kätzchen bei sich aufgenommen. Die nahmen jetzt seine Wohnung auseinander und pissten überall hin.

»Trotzdem«, seufzte Lisa. »Der hat eh schon

mitgekriegt, dass ich eine Affäre habe. Und jetzt weiss er auch mit wem.« »Hey«, protestierte Luca, »wir haben keine *Affäre*. Das klingt so nach Sexbeziehung oder so. Ich liebe dich, das weisst du doch. Für mich ist das keine Affäre!«

»Jaja«, murmelte Lisa zerstreut, küsste ihn kurz auf die Lippen und verliess die Kaffeeküche.

Sie ging zurück zum Büro. Was würde Schneider wohl sagen? Und was sollte sie dann antworten? Aber eigentlich ging ihr Privatleben, auch wenn es bei der Arbeit stattfand, Schneider gar nichts an. Sie war schliesslich erwachsen.

Als sie Schneider gegenüber sass und seinen stahlblauen Blick auf sich spürte, kam sie sich allerdings gar nicht mehr erwachsen vor. Eher wie ein kleines Kind, das die Zimmerwände mit Farbe beschmiert hatte. Oder wie ein Juwelendieb mit der Beute in der Hand. Oder wie ein Mörder kurz vor dem Geständnis.

»Könntest du bitte aufhören, mich so anzustarren?«, fuhr sie Schneider schliesslich an.

»Starre ich?«, gab der kühl zurück.

»Ja. Wie eine Schlange, die ein Kaninchen hypnotisieren will. Um es anschliessend auf-zufressen.«

»Danke, ich hatte schon Frühstück«, gab Schneider zurück. Und verfiel für die nächs-ten Stunden in Schweigen. Lisa hätte ihm gerne den Locher an den Kopf geworfen.

Das Telefon riss die beiden Ermittler dann aus ihrem kollektiven Missmut. Schneider schnappte sich den Hörer. Irgendwie war er immer schneller. Und irgendwie stand das Telefon auch immer näher bei ihm. Lisa fühlte sich einmal mehr übergangen und aus-gebootet.

»Ja?« »Aha.« »Name?«

An dieser Stelle wusste Lisa, dass gleich Ac-tion angesagt war.

»Ok.«

»Danke.«

Das musste Dracula gewesen sein, denn ein »Danke« bekam nicht jeder zu hören.

»Wir haben einen DNA-Match«, sagte Schneider, während er zu einem neuen Tele-fonat ansetzte.

Die DNA passte zu einem Angestellten der

Gärtnerei und ein kurzer Anruf dort ergab, dass dieser sich dort gerade aufhielt. Ergo stand jetzt eine Verhaftung an. Lisa war total aufgeregt. Es war erst das zweite Mal, dass sie jemanden verhaften dürfte. Sie begann die Belehrungstrias vor sich hinzumurmeln. »Sie haben das Recht zu schweigen ...«, flüsterte sie.

Schneider seufzte. »Brauchst du das Lehrbuch?«, zündelte er, sich zum Gehen wendend.

Lisa sah ihn an. Verletzt. Schneider brummelte mit schuldbewusstem Gesichtsausdruck vor sich hin, dass das nur ein Witz gewesen sei und überhaupt nicht ernst gemeint und so weiter. Lisa sagte nichts mehr. Sie versuchte, sich auf Schneiders gute Seiten zu konzentrieren. Immerhin hatte er Meldung erstattet wegen des Fettwanstes. Und lebte mit Palme und Drachen, ohne zu murren. Der Palme bekam das Klima im Zimmer allerdings wohl nicht besonders gut. Sie bekam immer mehr braune Wedel, ausserdem rauchte und sprudelte die Erde, wenn sie gegossen wurde. Sehr merkwürdig.

XXIV

War es früher noch lustig bis spektakulär gewesen, jemanden zu verhaften, so waren Verhaftungen heute, sehr zu Schneiders grossem Bedauern, eher spassferne Veranstaltungen. *Früher* hatte es vor allem bei dem – unter Kollegen sehr beliebten – »Widerstand gegen die Staatsgewalt« Beulen, blaue Flecken, gebrochene Nasenbeine und/oder gequetschte Rippen gegeben. Beim Täter. Das hatte bereits im Vorfeld für die ganze vergebene Mühe entschädigt, denn schon damals hatten die Richter auch die miesesten Typen meist ziemlich schnell wieder laufen gelassen. Schuldunfähig, schwere Kindheit und so weiter.

Heute kannte jeder Assi seine Rechte und bestand dementsprechend auf Vorzugsbehandlung. *Heute* musste man dem Verdächtigen antiallergische Plüschhandfesseln anlegen, ihn in einer Sänfte über einen roten Teppich in die extra bereitgestellte, klimatisierte Luxuslimousine tragen und dort Champagnerfrühstück servieren. Alles andere galt als Körperverletzung. Und die Handfesseln durften ja nicht zu fest arretiert sein, sonst gab es gleich eine Anzeige wegen irgendwas. Zum Kotzen. Und selbst wenn er heute mal einen »Widerständler« hatte, den Schneider eventuell ein bisschen grober hätte anpacken können – Lisa, die Spassbremse, würde sich garantiert einmischen, was daran lag, dass sie eine echte Gutmenschenplage war.

Als Schneider und Lisa die Gärtnerei betraten, fing der Verdächtige sofort an, zu rennen. Dass er sich damit noch verdächtiger machte als ohnehin schon, war ihm offenbar nicht bewusst. Schneider begann hinter ihm herzuhetzen, während Lisa einen anderen Weg nahm, wohl in der Absicht, dem Verdächtigen den Weg abzuschneiden. Auf seiner Flucht verwüstete der Mann den halben Betrieb. Die Verfolgung wurde so zum Hindernislauf über Gurkensortiermaschinen, Handkarren, Kompostbehälter und Tomatenstelzen. Schneider bemerkte, sehr zu seinem Unmut, dass ihn das anstrengte. Im dritten Gewächshaus kreuzte Lisa seine Bahn. Und sie rannte schneller. Obwohl er jeden Morgen joggen ging. Sie war also vor ihm beim Verdächtigen, packte ihn, brachte ihn zu Fall und rollte sich mit ihm über den frisch gesäten Rucola. Das war ein wirklich inspirierender Anblick, und Schneider genoss ihn sehr, während er schwer atmete. Er war einmal mit Peter beim Schlammcatchen gewesen. Peter hatte gesagt, er müsste da jemanden überwachen oder überprüfen oder so was. Letzten Endes hatte er sich nicht alleine zu so einer Veranstaltung getraut und Schneider einfach mitgeschleppt. Die Frauen da hatten Bikini getragen. Lisa hatte leider ihre normale Kleidung an, aber die Szene war trotzdem interessant anzuschauen. Sie hielt sich gut, sie war ziemlich fit. Der Flüchtige war zwar kräftiger, Lisa jedoch wendiger – und schlauer. Und deutlich hübscher anzuschauen. Sie schien jedenfalls sehr gut ohne seine Unterstützung auszukommen. Schneider war ohnehin immer noch so ausser Atem, dass er sowieso keine grosse Hilfe gewesen wäre. Und so schaute er einfach zu und genoss, während er nach Luft schnappte. Doch jede Party ist irgendwann zu Ende und nach wenigen Minuten hatte Lisa dem unansehnlicheren Teil des Schlammcatcherduos die Handfesseln angelegt. Natürlich kontrollierte sie sorgfältig, dass die Dinger nicht zu eng arretiert waren, half dem Typen beim Aufstehen und klopfte ihm dann auch noch den gröbsten Schmutz ab. Gutes Mädchen, dachte Schneider genervt. Lisa plapperte dem Gefesselten die Belehrungtrias ins Ohr, drehte sich dann zu Schneider um und wagte zu fragen: »Alles in Ordnung bei dir?«

»Wie bitte?« Schneider versuchte, nicht zu sehr zu keuchen.

»Du siehst geschafft aus«, bemerkte Lisa.

»Mir geht's gut, danke«, antwortete Schneider übellaunig und bemühte sich, unauffälliger zu atmen.

»Haha, alter Mann, was?«, lachte der Verdächtige, und Schneider war kurz versucht, ihn in den Bottich mit Flüssigdünger zu tauchen, der neben ihnen stand.

»Schön, dass Sie noch lachen können«, flötete er stattdessen. »Im Knast braucht man eine Menge Humor!«

»Ich geh nicht in den Knast«, grinste der Kerl. »Ich hab nichts Schlimmes gemacht.«

»Ach ja, und was war das grad? Frühsport mit der Staatsgewalt?«

»Genau«, gab der Verdächtige frech zurück, »und es hat echt Spass gemacht.«

»Lisa, schaff den Blödmann weg, bevor ich mich vergesse«, zischte Schneider.

»Kommen Sie bitte mit zum Einsatzwagen«, bat Lisa höflich.

»Sehr gerne«, lachte der Typ, »mit dir geh ich überall hin, Zuckerschnecke.«

Auf der Dienststelle angekommen, beschwerte sich der Verdächtige dann bei Schneiders und Lisas Vorgesetzter, der böse Herr Kommissar habe ihm ein Bein gestellt, weswegen er gegen den Behälter mit dem Flüssigdünger gefallen sei. Schneider stritt alles ab und Lisa setzte einen ahnungslosen sowie unschuldigen Gesichtsausdruck auf und sagte, sie habe nichts gesehen – der Verdächtige sei so plötzlich gestürzt, dass sie ihn leider nicht mehr habe halten können. Und so konnte Frau May, oder M, wie ihre Untergebenen sie nannten, nur mit den Schultern zucken und dem Mann gute Besserung für sein Veilchen wünschen.

XXV

Da sich in der Jackentasche des Verdächtigen das Portemonnaie des Toten gefunden hatte, und seine DNA überall auf der Leiche war, hatte er einiges zu erklären. Schneider war auf die Geschichte gespannt. Am Anfang logen sie alle. Erzählten einem die haarsträubendsten Sachen. Eine der besten Geschichte erzählte ein Altenpfleger, den Schneider noch zusammen mit Peter verhört hatte. Dieser hatte mehrere alte Damen und Herren beerbt, was den Leitern des Heimes allerdings erst nach einigen Jahren und auch erst, als misstrauisch gewordene Angehörige die Polizei eingeschaltet hatten, aufgefallen war. Dann kam heraus, dass der Pfleger die alten Herrschaften nicht nur beerbt, sondern auch noch für einen schnelleren Abgang derselben gesorgt hatte, unter Zuhilfenahme von Daunenkissen, die sich in den Betten der alten Pflegebedürftigen reichlich gefunden hatten. Seine Erklärung war, dass »die Stimme Gottes« ihm das befohlen hätte. Die gleiche Stimme hätte ihm dann auch befohlen, das Geld seiner Opfer in Autos, mehrere Ferienwohnungen sowie exklusive Möbel und teure Fernreisen umzusetzen. Der Typ war so raffiniert, dass er mit seiner »Stimme Gottes« alle Gutachter reinlegte, das Ganze auch vor Gericht durchzog und nun eine 5-Sterne-Behandlung in der Klapse erhielt, anstelle karger Gefängniskost. Schneider und Peter waren allerdings fest davon überzeugt, dass der Typ ein eiskalter Killer war, der für sich das Beste aus seiner Situation herausgeschlagen hatte. Das hatte beiden eine gewisse Bewunderung abgenötigt. Und ob nun Klapse oder Knast war egal, Hauptsache weggesperrt.

Schneider begann wie gewöhnlich, fragte nach Namen, Alter und Wohnort. Schon während er diese, vergleichsweise einfach zu beantwortenden, Dinge wissen wollte, überkam ihn das Gefühl, es nicht mit dem klügsten Exemplar seiner Spezies zu tun zu haben. Allein die Antwort auf die Frage nach dem Wohnort – »bei meiner Mutter, manchmal bei meiner Oma und ab und zu bei einem Kumpel« – war geeignet Material für eine

Doku-Soap auf einem Fremdschäm-Kanal zu liefern.

Als Schneider dann den Schwierigkeitsgrad der Fragen erhöhte (»Wo waren Sie von Sonntagabend bis Montagmorgen letzter Woche?«) und als Antwort: »Äh, das ist aber schon lange her«, zu hören bekam, stand sein Urteil über die ihm gegenübersitzende Person fest: Hier waren Hopfen und Malz verloren.

Auch die Geschichte, die der Verdächtige Schneider und Lisa auftischte, war nicht sehr originell, was Schneider ziemlich ärgerte, denn eine unoriginelle Geschichte war schlichtweg Zeitverschwendung. Der Tote habe ihm sein Portemonnaie anvertraut und ihn gebeten, einen Flug für ihn zu buchen. Auf die Frage, warum das Ticket, das er auch noch bei sich getragen hatte, dann auf Namen des Verdächtigen lautete, hatte er keine Antwort. Schneider verdrehte die Augen.

»Mann, wir haben deine DNA am Toten gefunden, du Vollhorst«, nölte er schliesslich los. Der Typ war ein dumm wie Brot. Unglaublich.

»Meine was?«

»Deine DNA. Dein Erbgut. Teile von dir!«

»Hä? Was'n das?«

Wieso wusste der Typ nicht einmal, was DNA war? Das kam doch schliesslich in jeder Fernsehsendung vor, ausser vielleicht beim *Sandmännchen*. Schneider bemühte sich um Geduld.

»So etwas wie dein Fingerabdruck. Hat man am Körper des Toten gefunden. Und zwar nur von dir.« Was so nicht ganz stimmte, aber Dracula und Renfield hatten von der anderen DNA bis jetzt nur Bruchstücke sichern können. So genau musste der Verdächtige das ja nicht wissen, abgesehen davon, dass er es wohl sowieso nicht verstanden hätte.

»Aha. Und was heisst das?«

»Dass jeder Richter dich, nach dem jetzigen Stand der Dinge, wegen Mordes einsperren würde. Lebenslänglich.« Der Verdächtige rutschte auf seinem Stuhl hin und her.

»Aber ich hab doch gar nichts gemacht. Ich war das nicht. Ich hab niemanden umgebracht.«

»Portemonnaie??? Ticket??? Nix?«, Schneider klopfte sich mit dem rechten Zeigefinger entnervt an die Stirn. Der Typ war wirklich besonders bescheuert. »Mann!!!«, Schneider schlug mit der flachen Hand auf den Tisch, sodass Lisa und der Typ zusammenzuckten.

»Christian«, murmelte sie leise, »kann ich dich mal sprechen?«

»Haha, Zuckerschnecki hat was zu sagen«, lachte der Verdächtige los und Schneider erdolchte beide mit seinen Blicken. Lisa, weil sie ungefragt geredet hatte, und den Blödmann, weil der Typ einfach hassenswert war.

»Was?!«, fuhr er Lisa vor der Tür zum Verhörraum an.

»Ich wüsste gerne, was für eine Strategie du verfolgst«, sagte Lisa leise.

»Wie bitte?!«, Schneider starrte sie fassungslos an.

»Also, die Reid-Methode ist es nicht. Du heuchelst kein Verständnis oder so. John Reid hat in seiner, übrigens sehr erfolgreichen, Verhörmethode beschrieben, dass man erst die Beweise auf den Tisch legt, ob man nun alle hat oder nicht, und dann dem mutmasslichen Täter erklärt, dass man ihn verstehe. Anschliessend sollte man ihm die Frage mit den zwei Alternativen stellen, etwa so, ob er das schon lange geplant habe oder ob seine Tat eine spontane Idee war. Es ist wissenschaftlich erwiesen, dass man mit einer freundlichen Art viel mehr erreicht. Du hast ihn nur angebrüllt und kein Verständnis gezeigt.«

»Hab ich auch nicht«, knurrte Schneider. Hach, wie gerne hätte er Lisa zum Kaffee-kochen oder Kuchenbacken geschickt. Sie störte einfach. Und jetzt kam sie auch noch mit Lehrbuchgeschwätz daher.

»Die guter-Bulle-böser-Bulle-Technik ist es auch nicht, da du mich ja gar nicht mit ein-beziehst ...«

War da etwa ein Vorwurf? Schneider fuhr sich mit beiden Händen durch die Haare. Mit Peter hatte die guter-Bulle-böser-Bulle-Tak-tik selbstverständlich bestens funktioniert. Überflüssig zu erklären, welche Rolle Schnei-der dabei eingenommen hatte.

»Du schreist ihn einfach an und sagst ihm, dass er ein Idiot ist, ohne wirklich weiter zu kommen.«

»Er IST ein Idiot. Ich muss auch nicht nett zu ihm sein. Und wenn du eine Frage stellen möchtest ...«, Schneider holte tief Luft, »dann mach deinen Mund auf.«

Die beiden starrten sich einen Moment lang an. Schneider fragte sich mit einem Anflug schlechten Gewissens, ob er nicht vielleicht doch ein bisschen netter zu Lisa sein sollte.

»Lisa, in diesem Job muss man manchmal einfach ein Arschloch sein«, begann Schneider so freundlich wie es ihm als Schneider eben möglich war, »ich weiss, dass du ein nettes Mädchen bist.«

Lisa verdrehte die Augen. Und sie bekam einen roten Kopf. Das »nette Mädchen« passte ihr offenbar überhaupt nicht.

»Aber nette Mädchen haben in diesem Beruf nichts verloren. Ich bin nicht sicher, ob du genügend Arschlochpotenzial hast«, schob Schneider erbarmungslos nach.

»Hast du eine Ahnung«, grollte Lisa.

Schneider zog die Augenbrauen hoch. Ok, sie hatte immerhin Eric betrogen, belogen und sitzen lassen. Da war schon ein bisschen Arschlochpotenzial, das musste Schneider zugeben. Lisa schaute auf den Boden und kniff die Lippen zusammen. Dann hob sie den Kopf und sah Schneider in die Augen.

»Können wir wieder rein?«

»Sicher.«

Schneider riss also die Tür zum Verhörraum auf, erschreckte damit den nasenpopelnden Verdächtigen fast zu Tode und setzte sich ihm gegenüber. Lisa marschierte in den Raum, hockte sich auf die Tischecke vor den hoffentlich-aber-doch-eher-unwahrscheinlich-Mörder und fixierte ihn mit strengem Blick. Bambi hatte offenbar gerade Pause.

»Hey, Zuckerschnecke«, gurrte dieser, »kannst auch auf meinem Schoss sitzen.«

Lisa atmete tief ein. Und dann ging sie hoch wie eine Stinger.

»Du dämlicher WICHSER«, schrie Lisa los, während Schneider vor Überraschung fast vom Stuhl fiel. »Ich würd mich nicht mal dann auf deinen VERFICKTEN Schoss setzen, wenn du der ALLERLETZTE Mann auf Erden wärst! Und ich heisse nicht Zuckerschnecke, mein Name ist Kommissarin Müller. Und genau so darfst du mich auch ansprechen.«

Der Angeschriene starrte sie völlig fassungslos an, während Schneider sich das Lachen verkneifen musste. Aber Lisa war noch nicht fertig: »Und jetzt pass mal auf: Wir haben deine VERDAMMTE DNA am Toten gefunden. Wir brauchen weder dein SCHEISS-Geständnis noch sonst irgendwas von dir! Mein

Partner hier und ich, wir können dich auch einfach so in den Bau werfen. Schon allein, weil du die Kreditkarte von einem Ermordeten benutzt hast, du BESCHEUERTER VOLLIDIOT!«

Der Mann liess den Unterkiefer ratlos hängen. Schneider schmunzelte. Nette Mädchen konnten also auch mal böse. So süss.

»Ich bin übrigens der nette Bulle«, sagte Lisa wieder mit normaler Stimme und deutete mit dem Finger auf ihre Brust, »er da«, sie zeigte auf Schneider, »er ist der böse Bulle.«

Schneider nickte heftig und grinste von einem Ohr zum anderen. »Jep, da hat sie recht. Sie ist die Nette. Ich bin der Böse.«

XXVI

Der Verdächtige fing an zu reden, und Schneider hatte mit seiner Erstdiagnose – dumm wie Brot – vollkommen recht gehabt. Er war am späten Sonntagabend noch einmal kurz in das Gewächshaus gegangen, um die Luftfeuchtigkeit zu kontrollieren. Die Anlage hatte in den letzten Wochen immer Ärger gemacht, und so war er losgeschickt worden, um die Sensoren zu prüfen. Schneider konnten sich zwar schwer vorstellen, dass irgendjemand diesen Mann für intelligent genug hielt, um eine technische Anlage zu prüfen, aber sei's drum. Der Tote hatte jedenfalls schon dort gehangen und sich im Luftzug des Ventilators gedreht. Kein schöner Anblick. Andererseits war der Chef ein Sklaventreiber gewesen. Jeder kriegt irgendwann, was er verdient. Da waren sich das dumme Brot, Schneider und Lisa absolut einig. Er hatte einen Moment überlegt und war dann auf die geniale Idee gekommen, dass ja noch niemand wusste, dass der Tote tot war, und folglich auch niemand die Kreditkarte des Toten hatte sperren lassen. Als Hilfsarbeiter in einer Gärtnerei verdiente er nur knapp mehr als eine Kirchenmaus. Und da er schon immer gerne gereist, derzeit aber völlig pleite war, ergriff er die Gelegenheit beim Schopf, nahm eine der Leitern, die zuhauf an den Wänden der Gewächshäuser standen, stieg zu dem Toten hoch und begann den Inhalt dessen Taschen zu durchsuchen. Und tatsächlich – da war das Portemonnaie mit Geld und Kreditkarten. Völlig durchnässt. Aber Geld konnte man trocknen und mit der Kreditkarte einen Urlaub buchen.

»Ich war ganz vorsichtig, ehrlich!«, jammerte das dumme Brot, »ich hab extra Handschuhe angezogen, wegen Fingerabdrücken und so.«

Er schwieg. Lisa seufzte. Schneider seufzte.

Der Typ kam als Mörder leider eher nicht in Frage. Sie würden sich wohl oder übel einen neuen Verdächtigen suchen müssen. Schneider war sich ziemlich sicher, dass das dumme Brot mit einer Bewährungsstrafe davonkommen würde, falls er dem Richter mit seiner Blödheit nicht so auf die Nerven ging, dass der ihn allein dafür schon einsperrte.

XXVII

Immer noch wach?«

»Das Gleiche könnte ich dich fragen.«

Peter lächelte Schneider durch den Bildschirm an. Peter hatte Schneider unlängst anvertraut, dass die nächtlichen Skypegespräche mit ihm mittlerweile der Höhepunkt seines Tages waren. Hatte er früher zu Zeiten seiner Werktätigkeit von Rente und Dolcefarniente geträumt, hatte er nun feststellen müssen, dass das ziemlich öde war. Morgens lange schlafen, spazieren, um nicht völlig einzurosten, und französische Vokabeln lernen, damit Claudia und er nicht nur mit den englischen Rentnern herumhingen. Ansonsten gab es zu viel zu essen, meist war es furchtbar heiss und er vertrug weder die Langeweile noch die Hitze, so hatte er geklagt.

Natürlich hatte Schneider Peter nur das Beste bei seiner Pensionierung gewünscht, aber insgeheim befand er das als gerechte Strafe dafür, dass Peter ihn einfach hatte sitzen lassen. Dann auch noch für Claudia, die

Schneider nach dem ersten Händedruck einfach links liegen gelassen hatte. Diese hatte ihr ganzes Arbeitsleben lang mit den härtesten Firmenbossen zu tun gehabt, da konnte ein misogyner Misanthrop wie Schneider bei ihr keinen Eindruck machen.

Schneider runzelte die Stirn. »Sag mal, ist das ein Bauch, den du dir da hast wachsen lassen?!«

»Hm. Ja. Ein bisschen. Claudia kocht sehr gut. Wir sitzen halt viel rum und reden dabei von den glorreichen Zeiten, als wir noch gearbeitet haben.« Seufzend ergänzte er: »Und deswegen habe ich beschlossen, ein Buch zu schreiben. Über meine spannendsten Fälle.«

»Echt?«, Schneider war erstaunt. Früher hatte Peter an jedem Bericht tagelang herumgeflucht. Und jetzt wollte er ein ganzes Buch schreiben?

»Ja, und deswegen hocke ich nun die Nächte am Computer. Ausserdem freue ich mich natürlich immer, wenn du dich meldest.«

Schneider war gerührt.

»Wie läuft es mit Lisa?«

»Ach die ...«, Schneider musste lachen, und ignorierte dabei Peters wehmütigen Blick.

Schliesslich war es ja er gewesen, der gegangen war. Ergo musste er jetzt auch damit leben, dass Schneider nun begann, sich mit seiner Neuen zu amüsieren.

»Die hat sich heute ein paar Eier wachsen lassen«, lachte Schneider weiter und begann zu erzählen.

Peters Augen weiteten sich und Schneider erzählte. Schliesslich musste auch Peter lachen. Es schien doch nun besser zu laufen zwischen den beiden. Er hatte Lisa einmal kurz gesehen, dabei sehr bedauert, dass nicht er mit ihr arbeiten würde, und sie bemitleidet, weil sie sich nun mit Schneider würde befassen müssen. Schneider hatte seine diesbezüglichen Bemerkungen nicht sehr lustig gefunden.

»Und wie geht es deinem Vater?«, wechselte Peter das Thema.

»Ich glaube nicht schlecht. Er vergisst einfach alles. Tut so, als seien meine Mutter und Jan noch am Leben.« »Ist vielleicht ganz gut, dass er das alles nicht mehr weiss.«

»Wahrscheinlich. Wobei er neulich nach Jan gefragt hat.

Ich habe geantwortet, dass er verreist sei.

Und da sagte er: ›Er ist so ein guter Junge und deine Mutter ist so böse zu ihm.‹« Schneider schluckte.

»Naja«, meinte Peter, »soweit ich weiss, ist das ja korrekt.«

»Ja. Nur hat mein Vater meinen Bruder auch nie geschützt. Er hat ihn meiner verrückten Mutter überlassen und sich einfach nicht weiter um uns gekümmert.«

»Ich glaube, es wäre ohnehin schwer gewesen, sich mit deiner Mutter anzulegen.«

»Das ist richtig.« Beide schwiegen einen Moment.

»Da hatte ich neulich ein Déjà-vu. Die Mutter unseres Mordopfers erinnert mich sehr an meine eigene.«

»Echt? Inwiefern?«

»Naja, sie stellt sich auch sehr in den Mittelpunkt und giert nach Aufmerksamkeit. Dafür ist ihr jedes Mittel recht, ich meine, sie lässt da gar nichts aus.«

Schneider kniff die Lippen zusammen. Die Dramen, die seine Mutter auf der Suche nach mehr Beachtung veranstaltet hatte, waren ebenfalls legendär gewesen. Aus diesem Grund hatte zu Beginn auch niemand geglaubt, dass sie tatsächlich Krebs hatte. Zu oft hatte sie sich schon für todkrank erklärt, nur um irgendwann zu behaupten, sie hätte nie etwas dergleichen gesagt.

»Gibt es da noch mehr Parallelen?«, wollte Peter wissen. Schneider musste kurz überlegen.

»Ja schon. Zum Beispiel findet sie den einen Sohn grandios und den anderen idiotisch. Das war bei Jan und mir ja auch so. Ausserdem tyrannisiert sie ihren Mann, der rein gar nichts zu melden hat. Eigentlich tyrannisiert und manipuliert sie alle um sich herum. Sie ist ein richtiges Miststück. Genau wie meine Mutter.«

Schneider spürte wieder diesen alten Hass in sich, den er sonst meist recht gut unter Kontrolle hatte.

Peter verzog den Mund: »Das ist heftig. Ist das nicht eine zu drastische Beschreibung?«

»Meine Mutter WAR ein Miststück!«

»Ja, ich weiss.«

»Du hast sie erlebt«, beharrte Schneider.

»Jaja, ich WEISS.«

Peter zwinkerte und Schneider atmete tief durch.

»Auf jeden Fall scheint mir das sehr interessant«, konstatierte Peter, um wieder auf neutralen Boden zu gelangen. »Und der Rest der Familie?«

Schneider überlegte: »Hm. Gibt vielleicht die ein oder andere Parallele. Wobei es drei Geschwister sind. Der Bruder sagt mehr oder weniger gar nichts. Und die Schwester ist noch auf Reisen. Wir warten auf sie. Sie hat sich bei ihrer Familie gemeldet und geschrieben, dass sie so schnell wie möglich hierherkommt.«

»Wollten die nicht mit der Beerdigung warten, bis die Familie vollzählig ist?« Peter war irritiert.

»Nee, die Mutter hat verfügt, dass das subito über die Bühne geht, und alle anderen sind gesprungen. Ihre Tochter scheint ihr eh nicht so wichtig zu sein, nachdem sich diese von der Familie abgeseilt hat und nur selten im Lande ist.

Und der Alten passt das anscheinend nicht. Ich sag ja, die ist ein Miststück!«

»Hm. Da hast du wohl recht. Da bin ich mal darauf gespannt, was die Schwester so zu erzählen hat«, sagte Peter.

»Ja, ich auch«, meinte Schneider.

Wohl wissend, dass er keinen Schlaf finden würde, verabschiedete sich Schneider von Peter.

Schneider legte sich in den Lesesessel seines Vaters. Der brauchte ihn ohnehin nicht mehr. Ins Bett, wo er richtig würde schlafen können, traute Schneider sich seit ein paar Tagen nicht mehr. Im Schlaf plagte ihn seit kurzem nämlich ein fürchterlicher, immer wiederkehrender Albtraum: Er ging durch den Gang zum Wohnzimmer seines Bruders. Mit ganz langsamen Schritten. Die Wände um ihn herum kamen immer näher und drohten, ihn zu ersticken. Schliesslich kam er doch aus dem Gang heraus und schaute ins Wohnzimmer. Und dort hing sein Bruder an seinem Strick und zappelte wie ein Fisch an der Angel und schrie und schrie und schrie.

XXVIII

Mittag in der Kantine. Lisa Salat, Schneider und Dracula blutiges Steak. Katja war, wie immer, bei ihren Maden geblieben. Sie ging nie in die Kantine mit ihren Kollegen. Oder zu einer Weihnachts- oder einer Geburtstagsfeier. Und wahrscheinlich würde sie lieber ihre Maden über einem Bunsenbrenner grillen und essen, als sich mit Dracula und Schneider oder irgendwelchen anderen Leuten aus der Gerichtsmedizin an einen Tisch zu setzen. Lisa schaute Schneider, Dracula und deren Steaks vorwurfsvoll an. Die Strafe für die Steaks folgte dann auch auf dem Fuss, in Form einer kleinen, dürren Gestalt: Luca setzte sich mit einem Teller Salat zu ihnen. Dass er es überhaupt wagte, die Abteilungsgrenze in der Kantine zu überschreiten. Schneider war kurz davor, die Fassung zu verlieren. Das hatte sich noch niemand getraut. Mord zu Mord, Drogen zu Drogen. Das war schon immer so gewesen und würde auch immer so bleiben. Am Ende käme der Verkehr noch in ihr Terrain. Oder die Parkfuzzis. Und dann würde die Welt untergehen, so viel war sicher. Luca war das aber offenbar egal, er wollte mit Lisa mittagessen. Und dann nicht mal Steak. Er hatte sich auch einen Salat genommen. Ein unglaublich plumper Versuch, sich bei Lisa lieb Kind zu machen. Und die lächelte ihn auch noch an. Schneider ignorierte den Drogenhänsel so gut das eben möglich war und begann aus der Zeitung vorzulesen. Der Gärtner hatte seinen Weg in die Medien gefunden, und da derzeit Sommerloch herrschte, wurde die Geschichte extrabreit getreten.

»Hier heisst es: ›Gärtner brutal abgeschlachtet‹. Hat man schon mal jemanden nicht brutal abgeschlachtet …?«, brummelte er kopfschüttelnd.

»Schlachten ist immer brutal«, bemerkte Lisa mit einem Blick auf die beiden Steaks, die auf den Tellern stumm vor sich hin bluteten. Luca nickte eifrig und strahlte Lisa an.

»Brutal weckt mehr Emotionen und verkauft sich besser«, mutmasste Dracula.

»Ja, also weiter: › … der furchtbare Mord an dem allseits beliebten Gärtner Stefan Berg …‹

allseits beliebt. So ein Quatsch. Da ist doch jeder froh, dass sie ihn los sind!«

»Seine Kinder aber nicht«, warf Lisa ein und Luca strahlte sie weiter an. Schneider hätte ihm gerne sein Tablett auf den Kopf geworfen. So ein würdeloser kleiner Wurm. Eine Schande für alle Männer.

»› ... die gramgebeugte Familie nahm Abschied auf dem Sankt Martins Friedhof.‹ Hast du da jemanden gramgebeugt gesehen, Lisa?«

»Hä, was?«, Lisa hatte nicht zugehört. Füsselte mit dem Drogenhänsel. Nicht zu fassen.

»Schon gut«, zischte Schneider. Er war beleidigt.

»Wie waren denn die Angehörigen bei der Beerdigung?«, bemühte sich Dracula, Schneider wieder zu beruhigen.

»Ganz sicher nicht gramgebeugt. Die Kinder hatten ihre Smartphones dabei und haben während der Predigt gegamt.«

»Lieber Himmel!«, entsetzte sich Dracula.

»Naja, und seine Mutter hat eine Riesenshow abgezogen. Geweint, geschwankt, ein Taschentuch nach dem anderen vollgerotzt, hat sich im Selbstmitleid ersäuft und von jedem bedauern lassen. Grauenhaft. Die Ehefrau, also, die hat versucht, ihre Bälger ruhig zu halten. Aber traurig? Hm. Höchstens ein bisschen. Wobei der Tote ja auch kein netter Mensch war, wenn man den Aussagen seiner Angestellten glauben darf. Vom Bruder und vom Vater hat man so gut wie nichts mitbekommen. Kein Mucks, keine Träne, nichts. Okay, man hat gemerkt, dass die Mutter allen auf den Sack geht. Und die übliche Staffage aus Mitarbeitern, Dorfbewohnern und ferneren Verwandten, die eh nur aufs Buffet gewartet haben. Ein paar haben aus Anstand vor sich hingeschluchzt.«

»Gab es denn niemanden, der aufrichtig getrauert hat?«, wollte Dracula wissen.

Schneider zeigte mit dem Kinn auf Lisa und verdrehte die Augen. Sich seinem Steak wieder zuwendend, lächelte Dracula still in sich hinein.

Schneider registrierte sehr wohl, dass Luca seinen Salat nicht angerührt hatte. Offenbar hatte er keine Zeit zum Essen, denn er musste ja Lisa anbeten. Ausserdem, da war Schneider sich sicher, würde der Drogenhänsel nachher noch bei McDonald's vorbeischauen. Kein Mann ass doch freiwillig nur ein paar grüne

Blätter. Das war Frauenessen. Um seinem Ärger Luft zu machen, raschelte Schneider weiter mit der Zeitung: »Hier steht noch: ›Die Polizei tappt auf der Suche nach dem Täter weiterhin im Dunkeln‹. Frechheit. Wir tappen nicht im Dunkeln. Wir arbeiten an dem Fall.«

»Du weisst doch, dass die Presse gerne auf der Polizei herumhackt. Das verkauft sich halt gut. Wenn ihr dann den Täter habt, seid ihr wieder die Grössten,« wollte Dracula erneut trösten.

Schneider aber wollte keinen Trost. Er wollte sich ärgern. »Journalisten sind auch nichts anderes als schlecht bezahlte Strassennutten«, brummte er. »Diese Schreiberlinge verkaufen ihre Ärsche einfach an den Meistbietenden.«

Dracula zog die Augenbrauen hoch. Offenbar gefiel ihm Schneiders Ausdrucksweise nicht, aber das war Schneider gerade ziemlich egal. Er warf die Zeitung zur Seite und begann sein mittlerweile kaltes Steak zu verschlingen, bemüht, die hormonellen Ausdünstungen zu seiner Linken zu ignorieren.

XXIX

Katja, Katja!«

Katja drehte sich missmutig um. Ihr letzter Arbeitstag war endlich vorbei und sie trug den letzten Karton aus ihrem Büro zum Auto. Ihr dämlicher Chef hatte ihr einen feuchten Händedruck zum Abschied geschenkt und ihr alles Gute gewünscht. Sie hatte auch nichts anderes erwartet. In den drei Jahren, die sie zusammengearbeitet hatten, waren sie nie wirklich warm miteinander geworden. Er mochte ihren Humor nicht und sie fand ihn total überkandidelt. War zu sehr von seiner Genialität überzeugt. Dabei war er nur ein Durchschnittsforensiker in einer Pathologieklitsche in dieser miefigen Stadt. Und er bildete sich auch zu viel auf seine Künstler-Mutti ein. Klar verkaufte die Bilder in aller Herren Länder für sinnlos viel Geld, aber ihre Bilder waren nun mal einfach hässlich. Katja hatte Mirja ganz am Anfang einmal gesehen, als die ihren Sohn im Institut besucht hatte. Die hatte sie ganz mitleidig angesehen, wahrscheinlich weil Katja nicht dem gängigen Schönheitsideal entsprach. Katja hatte jedenfalls den Eindruck bekommen, dass Mirja zu den Frauen gehörte, die es gewohnt waren, von den Männern auf Händen getragen zu werden. Die sich immer mit gutem Aussehen und viel Charme durchs Leben schummelten. Die nie enttäuscht, betrogen oder verlassen wurden, weil ihnen alle aus der Hand frassen. Ihr, Katja, frass nicht mal mehr Tarantella aus der Hand. Seit ihrem Tod fühlte sich Katja noch einsamer als sonst. Und die anderen?

»Tschüss, Katja«, »Alles Gute Katja«, »Hey, mach's gut, Katja«.

Alle waren an ihren Plätzen sitzen geblieben. Schneider hatte sich erst gar nicht die Mühe gemacht. Also hatte sie einfach ihre Habseligkeiten aus ihrem Büro in ein paar Kartons gepackt. Ihre Bücher. Ein Bild von Tarantella. Ein paar Datenträger und ihr Tablet. Es war nicht viel und es war nicht wirklich wichtig. Und jetzt lief da Barbie hinter ihr her, auf ihren langen Supermodel-Beinen. Schlank und schön wie immer, mit einer kleinen Kiste in den Händen. Wenn ich so aussähe wie Barbie, würden sie mir auf Tränenspuren hinterherrutschen, bemitleidete sich Katja. Schliesslich stand Barbie vor ihr, etwa einen Kopf grösser, und lächelte mit ihrem perfekten Mund und ihren perfekten Zähnen zu ihr hinunter. »Du hast doch heute deinen letzten Tag«, begann sie.

»Jep«, brummelte Katja.

»Ich hab noch ein kleines Geschenk für dich. Ich hoffe, es gefällt dir. Ich versteh ja leider nichts davon, aber man hat mir versichert, dass es etwas Besonderes ist. Es hiess auch, sie sei nicht einfach zu halten, aber ich dachte, wenn einer das kann, dann du.«

Lisa hielt ihr das Kistchen hin. Klein, braun, mit Luftlöchern.

Katja öffnete es vorsichtig. »Oh mein Gott.« Mehr brachte sie nicht heraus.

»Gefällt sie dir?«, fragte Lisa unsicher.

Katja nickte, schluckte und kämpfte mit den Tränen. Verdammt. Bloss nicht heulen. Nicht jetzt. Nicht vor Barbie. »D-d-d-das ist eine Megaphobema«, flüsterte sie, »ich kann noch nicht sagen, welche Unterart, aber – ja: Das ist etwas Besonderes! Vielen Dank, Lisa!«

Lisa strahlte. Dann legte sie ihre schlanken Supermodelarme um Katja und drückte sie ein bisschen, so gut das eben möglich war mit dem Tier in der Kiste zwischen ihnen.

»Du hast so tolle Arbeit geleistet und du bist immer so nett zu mir gewesen,« sagte Lisa.

An dieser Stelle schämte Katja sich ein wenig. Nein, sie war nicht nett zu Barbie gewesen. Ausserdem hatte sie bei jeder Gelegenheit schlecht von ihr gedacht.

Lisa lächelte und fuhr fort: »Ich finde das so faszinierend, was du mit diesen Eiern und Maden alles erkennen kannst. Unglaublich. Solche Spinnentiere hält auch nicht jeder. Super cool! Und mir hat das mit Tarantella so leid getan.«

Katja schluckte. Lisa schien sich wirklich Gedanken gemacht zu haben. Das war Katja so noch nie passiert. Völlig überfordert von Lisas Nettigkeit und Herzenswärme, murmelte sie: »Äh ja, vielen Dank. Ich muss jetzt gehen. Hey, ich freu mich wirklich über die Mega. Ciao Lisa und danke.«

»Ciao Katja und alles, alles Gute beim neuen Job.«

Katja liess ihre letzte Bürokiste einfach stehen und ging mit der Megaphobema in den Händen zu ihrem Auto. Das SCHEISS Auto stand natürlich mal wieder NICHT da, wo sie es am Morgen abgestellt hatte. Etwa fünf Minuten lang irrte sie auf dem Parkplatz herum. Mit eingeschränkter Sicht, denn durch das viele Wasser in ihren Augen sah sie alles nur verschwommen. Schliesslich fand sie es doch und setzte sich auf den Fahrersitz. Geschafft. Jetzt konnte sie endlich weinen. Das tat sie dann auch lange und ausgiebig.

»Hast du das Monster bei Renfield abgegeben?«

»Ja, sie hat sich sehr gefreut. Ihre Vogelspinne ist doch vor ein paar Tagen gestorben.«

»Suizid?«, fragte Schneider spitz.

»Nein. Sie hatte sich verletzt und irgendwie nicht mehr davon erholt.«

»Und woher weisst du das?«, Schneider war irritiert.

»Ich hab Katja neulich auf dem Gang getroffen. Sie war so traurig und da hat sie es mir erzählt. Übrigens heisst sie Katja. Und du hättest ihr auch noch Tschüss sagen können.«

»Pfff ...«, Schneider verschränkte die Hände hinter seinem Kopf. »Sie ist kein nettes Mädchen. Und sozial völlig inkompetent.«

»Und du bist kein netter Junge«, stellte Lisa

fest. »Über deine Sozialkompetenzen lässt sich übrigens ebenfalls streiten!«

»Möglich. Aber immerhin bin ich gutausse-hend«, zwinkerte er Lisa zu.

Lisa verdrehte die Augen und versuchte, das Thema zu wechseln. »Kannst du dir eigent-lich vorstellen, was mit unserer Palme sein könnte?«, fragte sie Schneider. »Egal, wie sehr ich sie pflege, sie sieht immer schlimmer aus.«

Schneider schaute unbeteiligt Richtung Zimmerdecke. »Keine Ahnung«, gab er sich unschuldig. »Vielleicht mag sie uns ja nicht.«

»Eine Suizidpalme …?«, rätselte Lisa. »Naja, ich geh morgen eine Neue kaufen.«

»Nein!«

»Doch!«

Schneider zweifelte etwas, dass Dracula ihm noch einmal mit Salzsäure aushelfen würde. Der hatte es beim ersten Mal schon nicht sehr lustig gefunden, war es doch schliesslich um Lisas Palme gegangen. Und Lisa hatte bei Dracula ja sowas wie einen Heiligenstatus.

XXX

Sonntag, zu Tiefschlafzeit um halb neun. Dracula war nach einer langen Nacht mit Lisas Gedichtband erst vor wenigen Stunden ins Bett gefallen, da wurde er sehr unsanft aus dem Schlaf gerissen. *Rrrrrring!, rrrring!!, rrrrringggg!!!* machte die Türglocke. Absoluter Imperativ lag im Klang. Lieber Himmel, dachte er, welcher Mensch ist am Sonntag um diese Uhrzeit schon wach?! Er taumelte zu seinem Herrendiener und zog sich seinen Morgenrock über. Alterstechnisch gehörte Dracula zwar nicht mehr zur Generation Herrendiener und Morgenrock, da er aber Stil hatte, besass er beides. Er schlurfte aus dem Schlafzimmer und schaute von der Galerie vor seinem Zimmer zur Haustüre hinunter. Lisa schwebte, barfuss und elfengleich, über den Boden und öffnete. Dracula seufzte tief. Lisas muskelbepackter Exfreund stand vor der Tür. Mit Welpenblick im Gesicht. Dracula seufzte noch einmal und zog sich wieder in sein Zimmer zurück. Wenige Minuten später war er schon wieder am Träumen.

Dann, um zehn, klingelte es wieder. Dieses Mal weniger mackerhaft, aber immer noch so durchdringend, dass Dracula sich wieder im Morgenrock zur Galerie schleppte. Und wieder flatterte Lisa wie ein Schmetterling zur Tür und öffnete. Dieses Mal stand der Trennungsgrund auf der Matte, mit Blumen in der Hand und Sehnsucht in den Augen. Dracula würde da nicht den ersten Stein werfen, er war auch mal jung gewesen, aber er fand, dass Lisa sich einen Mann aussuchen sollte, der nicht sonntags mitten in der Nacht an fremder Leute Türen klingelte. Zum Beispiel ihn. Wobei er sich des Altersunterschieds schon bewusst war, allein schon deswegen, weil Schneider ihn überflüssigerweise täglich darauf hinwies.

Zur Frühstückszeit, also so etwa um zwei Uhr nachmittags, traf er Lisa dann in der Küche. Lisa lächelte ihn schuldbewusst an. Ihr Lächeln und der erste Schuss Koffein liessen Dracula seinen Groll vergessen.

»Tut mir leid«, entschuldigte sich Lisa.

»Schon gut«, erwiderte Dracula freundlich, »wir waren alle mal jung.«

Lisas Blick entnahm Dracula, dass sie ihn sich nicht wirklich in jung vorstellen konnte, sie war aber trotzdem so nett, zu fragen: »Hattest du auch schon so ein Chaos?«

»Ich weniger. Mirja hatte jede Menge Männerchaos. Aber Liebeskummer hatte ich auch schon.«

Dracula erzählte eigentlich niemandem von seinen privaten Dramen. Und das Wort »Chaos« hatte er eigentlich aus seinem Universum verbannt.

»Echt?«, war dann auch alles, was Lisa sich zu fragen traute.

»Ja, als meine Frau mich verlassen hat.« So, jetzt war es raus.

»Ich wusste gar nicht, dass du verheiratet warst ...?«

»Bin ich sogar immer noch«, Dracula lächelte schief und setzte sich an den Tisch. »Aber seit vierzehn Jahren getrennt. Meine Frau wohnt seitdem in Paris mit einem Maler zusammen.«

»Oh«, Lisa war betroffen, »aber warum lasst ihr euch nicht scheiden?«

»Damit sie ihn noch ein bisschen länger ausnehmen kann«, ertönte Mirjas Stimme von der Tür her.

»Mirja!« Dracula mochte es nicht, wenn sie schlecht über seine Frau sprach, auch wenn sie wahrscheinlich recht hatte mit ihren Annahmen.

»Ist doch wahr.« Draculas Mutter flatterte in einem schwarzen Kaftan mit Drachenstickerei auf dem Rücken in die Küche und begann ihren Tee zuzubereiten.

»Willst du auch?«, drehte sie sich zu Lisa und die nickte: »Gern, danke.«

Dracula musterte die Tischplatte. Trommelte mit den Fingern kurz auf der Platte herum. Dann hob er den Kopf und erzählte weiter: »Wir waren etwa fünf Jahre verheiratet, da sagte meine Frau, dass ihr in der Beziehung etwas Wichtiges fehlen würde und sie nun zu sich selbst finden müsse. Sie fing an, die Wochenenden alleine zu verbringen und alleine Urlaub zu machen. Also, ich glaubte zumindest, dass sie alleine war. War sie aber nicht. Ihren jetzigen Partner hatte sie in einem Malkurs in Paris kennengelernt und, naja, das war's dann für uns. Die ersten Jahre dachte ich noch, sie hätte irgendwann genug von ihm und würde zurückkommen. Die Hoffnung habe ich dann irgendwann aufgegeben, aber die Scheidung trotzdem nicht eingereicht. Wozu auch? Wenn sie ihre Freiheit will, soll sie sich scheiden lassen.«

Er zuckte mit den Schultern und versuchte an Lisas traurigem Blick vorbeizuschauen.

»Sowas hast du aber nicht verdient«, meinte Lisa schliesslich.

Dracula dachte, dass niemand jemals gesagt hatte, dass das Leben fair sei. Aus diesem Grund suchten wohl so viele Menschen voller Sehnsucht nach etwas, was irgendwie einen Sinn in all diese Ungerechtigkeiten brachte. Ausser ihm. Und ausser Schneider. Falls Lisa ihn aber würde trösten wollen ...

»Für sie hat das natürlich steuerliche und rententechnische Vorteile«, unterbrach Mirja seine Gedanken.

»Du magst sie nicht?«, fragte Lisa.

»Na, sie hat meinem Sohn das Herz gebrochen und mir nicht mal Enkel beschert ... also, nein, ich bin nicht gut auf sie zu sprechen«, sagte Mirja.

Dracula seufzte leise. Den Groll seiner Mutter konnte er nachvollziehen. Lisas mitleidiger Blick weckte in ihm allerdings wieder den alten Schmerz über den Verlust seiner Frau, die immer noch einen Platz in seinem Herzen besetzte, und das wohl auch für den Rest seines Lebens tun würde.

»Und was wollten deine Männer heute Morgen?«, wechselte Dracula das Thema.

»Ach«, Lisa schaute etwas bekümmert, »Eric will, dass ich zu ihm zurückkomme. Er sagt, er würde mir verzeihen. Und Luca möchte, dass ich zu ihm ziehe. Er hat jetzt zwei ganz süsse Kätzchen. Er sagt, es seien unsere Babies.« Lisa lächelte. Dracula hatte Luca bisher als sehr zuverlässigen und fähigen Drogenfahnder kennengelernt, aber einen leichten Schatten schien er doch zu haben. Vielleicht hatte Schneider doch gar nicht so unrecht mit Escobars Putzkolonne.

»Und was willst du?«, fragte Mirja.

»Das kann ich so gar nicht sagen. Ich meine, ich bin schon so lange mit Eric zusammen. Und irgendwie war das auch ok so. Aber in den letzten Monaten hat sich viel verändert. Ihm passt meine Arbeit nicht. Er hätte zum Beispiel lieber eine Anwältin an seiner Seite, die viel Geld verdient und die irgendwie repräsentativer ist, als eine Kriminalbeamtin. Auch seine Freunde haben sich immer lustig gemacht. Und es fiel ihm schwer, das zu ignorieren. Wir haben uns wohl einfach in verschiedene Richtungen entwickelt. Dinge, die ihm wichtig sind, interessieren mich nicht, und was ich mache, das interessiert ihn nicht. Ob er mir nun verzeiht oder nicht, spielt eigentlich gar keine Rolle. Ich will nicht zu ihm zurück.«

Dieser Eric hatte es einfach verbockt, befand Dracula.

»Und der andere?«, fragte Mirja neugierig.

»Ach ... ich kenn ihn ja gar nicht richtig. Er bemüht sich sehr um mich. Und im Moment ist auch alles wunderbar mit ihm. Aber wie wird das in ein paar Jahren sein?«

»Liebes Kind, du machst dir doch nicht etwa *jetzt* Sorgen darüber, wie es mit einem Mann in Zukunft sein könnte?!«, entsetzte sich Mirja. »Wie du weisst, habe ich viele Männer kennengelernt in meinem Leben.« Dracula verzog an dieser Stelle die schmalen Lippen. »Aber an keinem hat je ein Garantieschild gehangen!«

»Ich weiss«, lachte Lisa. »Aber ich möchte irgendwann einmal eine richtige Familie mit Kindern und Hund.«

»Das funktioniert aber nur mit einem Mann, der dich so liebt, wie du bist«, stellte Mirja trocken fest. Lisa seufzte tief.

XXXI

Ich habe Nachrichten von Sina Berg«, strahlte Lisa und rieb sich die Hände. »Sie kommt morgen am Flughafen an. Und sie ist damit einverstanden, dass wir sie dort abholen.«

»Klar, dann muss sie kein Taxi nach Hause bezahlen«, konstatierte Schneider trocken.

»Ach sieh es doch mal positiv, so kommen wir immerhin mal raus hier. Der Flughafen! Der Duft der grossen, freien Welt!«

»Jaja ... Der Gestank nach Kerosin. Tausende von schwitzenden und stinkenden Leuten. Und frei sind wir hier. Wo auch immer du sonst hinfliegst, mehr Möglichkeiten zur Selbstentfaltung findest du nirgends.«

Lisa zog den Mund zusammen. »Du bist aber tiefenphilosophisch heute«, spottete sie. Und fuhr fort: »Apropos Freiheit. Dracula hat gestern erzählt, dass er immer noch verheiratet ist mit einer Frau, die schon seit vielen Jahren von ihm getrennt lebt. Kennst du sie?«

Schneider zog die Augenbrauen hoch. Über

seinen Freund tratschen, da hatte er Skrupel. Schliesslich kannte auch Dracula einige von Schneiders schlimmsten Momenten. Und ihr Gentleman's Agreement war es immer gewesen, niemals mit irgendjemandem auch nur das kleinste Sterbenswörtchen darüber zu wechseln. Allerdings schien Dracula die Büchse der Pandora sowieso schon geöffnet zu haben. Sei's drum.

»Ja, ich kenne sie.«

»Und? Wie ist sie so?«, platzte Lisa fast vor Neugier. Schneider zögerte und versuchte, Zeit zu schinden.

»Najaaaa ...«

Er knetete sein Kinn, was seine Hirnströme in Gang brachte, und ihm das Denken erleichterte. Als er damit fertig war, sagte er: »Sie ist sehr hübsch. Eine richtige Schönheit. Intelligent und gebildet. Als sie Dracula heiratete, war er wohl sicher, das grosse Los gezogen zu haben. Naja, und sie auch. Sie ist Malerin und da kam ihr Draculas berühmte Mutter wohl auch ganz gelegen. Aber ich glaube, dass sie ihn auch wirklich geliebt hat. Und er sie. Nur ging es ihr gegen den Strich, mit ihm zusammen bei seiner Mutter zu wohnen. Sie ist ein ziemliches Energiebündel. Die konnte man nicht auf Dauer in Draculas Schloss sperren. Vielleicht wartet sie ja auch in Paris, bis Mirja nicht mehr ist, und kommt dann zurück.«

Er lachte trocken. Unwahrscheinlich.

»Warum ist er denn mit ihr nicht zusammen in eine eigene Wohnung gezogen?«, fragte Lisa erstaunt. »Mirja ist ja wirklich sehr nett, aber mit der Schwiegermutter zusammen wohnen ...?!«

Schneider rang mit sich. »Okay«, gab er nach, »ich erzähl dir auch den Rest der Geschichte. Aber du wirst mit niemandem jemals darüber reden, hörst du? Versprich mir das!«

Lisa hob die Rechte zum Indianerschwur: »Ich werde schweigen bis zu meinem letzten Atemzug, howgh!«

Schneider lachte. Manchmal war Lisa doch lustig. So ein bisschen jedenfalls.

»Dracula würde seine Mutter niemals allein lassen. Nicht, dass sie das je von ihm gefordert hätte, sie käme auch alleine zurecht. Aber er hat als Zehnjähriger die Verantwortung für sie übernommen und die seitdem auch nicht mehr abgegeben.«

»Wieso als Zehnjähriger? Hatte Dracula denn keinen Vater?«

Schneider seufzte. »Als Dracula zehn Jahre alt war, hat sich sein Vater erschossen.«

»Waaaaas???« Lisa schlug die Hände entsetzt an die Wangen.

»Ja, das war schrecklich. Sein Vater, Dr. Mihaljovic, ein sehr angesehener Pathologe übrigens, Verfasser mehrerer Lehrbücher, hatte genug von seinem Leben. Eine tolle Ehefrau und ein wohlerzogener Sohn, genug Geld für jeden nur erdenklichen Luxus und so weiter, das hat ihm wohl nicht gereicht. Und so ging er eines Abends in seine Garage und erschoss sich dort.«

»Oh mein Gott«, japste Lisa, »das ist ja furchtbar!« Beide schwiegen einen Moment.

»Wer hat ihn denn gefunden?«, fragte Lisa schliesslich.

»Mirja. Und sie hat dann auch sofort die Garage abgesperrt, damit Dracula da nicht hinkonnte. Er durfte seinen Vater nie mehr anschauen, nicht in der Garage, nicht im Sarg. Der hatte sich in den Mund geschossen, in einem etwas unglücklichen Winkel und naja, von seinem Kopf war wohl nicht mehr allzu viel übrig.«

Lisa war ganz bleich geworden. Schneider sorgte sich einen Moment lang, sie könne ihm jetzt und hier zusammenklappen. Das wollte er unbedingt vermeiden und so redete er schnell weiter: »Mirja hat alles versucht, um ihr Kind zu schützen. Aber Dracula hat ab diesem Abend eben auch alles getan, um seine Mutter zu schützen. Und dieses Verhältnis haben die beiden bis heute beibehalten.«

Stille. Lisa holte ein paar Mal tief Luft. Schneider wartete auf das Om.

Stattdessen kam: »Aber warum hat sein Vater das denn gemacht? Hatte er denn irgendwelche Sorgen? War er krank?«

»Ich denk mal, er hatte Depressionen. Das meint zumindest Dracula.« Schneider zuckte mit den Schultern. »Manche Menschen können eben das Unglück in sich drinnen nicht ertragen.«

Er stockte. Und dachte an seinen Bruder. Der hatte auch immer mit der Hölle in sich drin gerungen. Und den Kampf schliesslich aufgegeben.

»Ich geh mal Kaffee holen«, brummelte er und verschwand.

XXXII

Schneider lief hin und her wie ein Tiger im Käfig.

Warten hasste er wie die Pest, und der Flug, auf den sie warteten, hatte Verspätung. Die Enge des Flughafens, die vielen Leute, die da herumhetzten, die zahlreichen Gerüche, die in der Luft lagen, all das stresste ihn zusätzlich. Ohne Pause beschwerte er sich bei Lisa darüber. Seine Ungeduld machte Lisa nervös, aber sie unterdrückte den Impuls, ihn anzufahren. Die Stimmung war ohnehin aufgeheizt, ein nahendes Gewitter hatte draußen Donner und erste Regentropfen vorausgeschickt. Als sich die Türen hinter der Zollabteilung öffneten, strömten die Leute heraus, müde und mit glasigen Blicken nach dem langen Flug aus Übersee.

»Das muss sie sein«, flüsterte Lisa Schneider zu und wies mit dem Kinn auf eine kleine, zierliche Frau mit etwa kinnlangen braunen Haaren.

Schneider nickte und steuerte direkt auf sie zu. »Sina Berg?«

Die Frau blickte auf. Sie hatte sanfte braune Augen und einen warmherzigen Blick. Lisa sah da eine entfernte Ähnlichkeit mit dem jüngeren Bruder. Nur dass bei diesem jede Wärme erloschen war.

»Ja. Sina«, stellte sie sich vor, »tut mir leid, dass es so lange gedauert hat«, sagte sie leise, »aber da unten gibt es nur einmal pro Woche einen Flieger und durch den Sturm hatte sich der Abflug noch weiter verzögert.«

Lisa fand Sina sofort sympathisch. Ganz im Gegensatz zu dem Rest der Familie.

»Jetzt sind Sie ja da«, lächelte sie, »können wir Ihnen vielleicht mit dem Gepäck helfen?«

»Gerne«, sagte Sina, und Schneider nahm ihre grosse Reisetasche.

»Mein Beileid, übrigens«, sagte Lisa.

Sina nickte und biss sich auf die Lippen.

»Äh, von mir auch.« Schneider war offenbar eingefallen, dass es sich gehörte, jemandem zu kondolieren, wenn dieser einen Angehörigen verloren hatte. Sina nickte ihm zu.

»Waren Sie auf der Beerdigung?«, wandte sie sich an Lisa. »Ja.«

»Waren viele Leute da?«

Lisa wunderte sich ein bisschen. Hatte Sina nicht mit ihren Eltern oder ihrem Bruder gesprochen? Allerdings – bei dieser Familie überraschte sie eigentlich gar nichts mehr.

»Ja, es waren einige Trauergäste da. Es war eigentlich eine sehr schöne Beerdigung, natürlich sehr traurig, aber der Pfarrer hat eine gute Rede gehalten und ...«, Lisa suchte etwas verzweifelt nach Worten, »man hat gemerkt, dass alle Ihren Bruder schätzten und mochten ...« Sie brach ab. Schneider hüstelte und anhand von Sinas skeptischem Blick bemerkte Lisa, dass sie offenbar ein bisschen zu dick aufgetragen hatte.

Auf der Fahrt zu Sinas Wohnung schwiegen alle drei. Dort angekommen, machte sie erst einmal einen grossen Krug Kaffee für alle und servierte ihn an einem kleinen Bistrotisch in dem Erker ihrer Altbauwohnung. Lisa hatte sich bereits umgesehen und fand, dass Sina einen sehr guten Geschmack in puncto Einrichtung hatte. Viel Exotisches aus aller Herren Länder fand sich da: Buddhastatuen, Bilder von Sonnenunter und -aufgängen, ein grosser Wandteppich mit afrikanischen Mustern, mexikanische Totenmasken ... Lisa registrierte aber auch, dass zwar einige Bilder von Sina und irgendwelchen ihr Unbekannten in der Wohnung hingen, es allerdings kein einziges von der Familie gab. Ausserdem waren ihr die vielen springenden Delfine doch ein bisschen zu esoterisch.

Die drei setzten sich an den Tisch und tranken erst einmal etwas von dem sehr köstlichen Kaffee. Sina wirkte sehr traurig, was angesichts der Umstände verständlich war. Gleichzeitig schien sie nicht wirklich überrascht, dass in ihrer Familie ein Gewaltverbrechen verübt worden war. Sinas Verhältnis zu ihrer Familie irritierte Lisa trotz allem. Weder Eltern noch Bruder hatten sie erwähnt, es war, als würde sie in deren Leben gar nicht existieren. Und Sina hatte sich offenbar auch nicht wirklich bei ihnen gemeldet. Nach der Nachricht, dass ihr ältester Bruder ermordet worden war, schien da kein weiterer Austausch stattgefunden zu haben. Alles seltsam.

Wie wohl Sina all ihre Reisen finanzierte? Soweit sie herausgefunden hatte, wurde Sina von der Familie nicht unterstützt, und über einen festen Beruf war ihr nichts bekannt.

»Wovon leben Sie?«, hakte Schneider neugierig nach, als hätte er Lisas Gedanken gelesen.

»Ich bin Reisebloggerin«, antwortete Sina, »ich schreibe Artikel für Reiseportale. Die bezahlen mich dafür, dass ich in ferne Länder fliege, dort Routen erkunde, Hotels bewerte, Reiseutensilien ausprobiere, Restaurants teste und so weiter.«

»Ein toller Job«, platze es aus Lisa heraus. Weisse Strände, blaues Meer, jede Menge Sonne und schicke Hotels ... von Schneider hingegen wusste sie schon, wie sehr ihn so ein Leben anöden würde, das hatte er ihr schliesslich schon oft und ausgiebig vorgejammert. Häufiger als nötig hatte er ihr versichert, dass ihn nichts auf dieser Welt dazu bringen könnte, in verlausten, lauten Hotels, Restaurants mit schlechtem Essen, Vergnügungsmeilen mit fetten Touristen und Flughäfen mit Kerosingestank herumzuhängen.

Schliesslich fing Sina an zu reden, ohne dass Lisa und Schneider gross fragen mussten: »Sie haben ja meine Familie erlebt.«

Lisa und Schneider nickten und Lisa stellte

zu ihrem Schrecken fest, dass sie ihren Mund in der gleichen Art wie Schneider verzog.

»Um zu erklären, was warum passiert ist, muss ich ein bisschen weiter ausholen.«

»Nur zu«, brummte Schneider. Lisa runzelte die Stirn.

Hiess das, dass Sina den Täter irgendwo in der Familie vermutete? Schneider hatte bereits im Vorfeld mehrfach einen Dachschaden bei allen Familienmitgliedern diagnostiziert, auf der anderen Seite sagte Schneider gerne und häufig garstige Dinge über andere Leute.

»Ich bin seit längerer Zeit in Traumatherapie«, begann Sina. Sie schaute die beiden Ermittler kurz an, nahm noch einen Schluck Kaffee und sprach weiter: »Nach einem Jahr reden und analysieren hatte ich schliesslich herausgefunden, was in meiner Familie nicht stimmt. Es war damals wie ein Schock für mich.«

Schneider fragte: »Was genau stimmt denn mit Ihrer Familie nicht?«

»Meine Mutter hat eine narzisstische Persönlichkeitsstörung.«

»Eine was, bitte?«, staunte Schneider.

»Eine narzisstische Persönlichkeitsstörung.

Das bedeutet, dass sich das Universum um meine Mutter dreht und nicht umgekehrt.«

Sina lächelte schief: »All die Irrationalitäten bekamen auf einmal einen Namen. Narzissten wie meine Mutter haben, anders als der Name glauben machen mag, ein geringes Selbstwertgefühl. Emotional sind sie auf der Stufe eines Kleinkindes. Und sie sind süchtig danach, von anderen anerkannt und aufgewertet zu werden. Dazu benutzen sie auch gerne ihre Kinder. Sie haben ja sicher eine der Vorstellungen meiner Mutter erlebt.«

Schneider und Lisa nickten. Lisa war etwas verwirrt. Sie hatte nur eine rudimentäre Ahnung von Psychologie im Allgemeinen und von Narzissmus schon gar nicht. Für sie war das bisher etwas gewesen, was mit übermässiger Eitelkeit zu tun hatte. Eric, beispielsweise, wenn er seine Muskeln im Spiegel bewunderte.

Sina schwieg. Offensichtlich war sie einer der Menschen, die ihre Worte immer sorgfältig wählten. Lisa schaute unsicher zu Schneider, der keinen Mucks von sich gab. Ob das raffinierte Ermittlertaktik war? Sie fühlte sich ziemlich unwohl in dieser Stille, aber auch sie wartete schweigend. Sina hatte die Augen geschlossen. Ob sie eingeschlafen war? Lisa musste sich zusammenreissen, um nicht auf dem Stuhl herumzurutschen wie ein Kindergartenkind mit voller Blase. Und Schneider? Der rührte und regte sich nicht. Lisa stellte sich kurz vor, Schneider habe einen Herzinfarkt erlitten und sässe nun tot im Sessel. Die passende Gesichtsfarbe dazu hatte er bereits.

Endlich durchbrach Sina diese unheimliche Stille und Lisa hätte vor Erleichterung fast losgekichert.

»Das hat die ganze Familie geprägt. Unsere Kindheit, das Verhältnis zu unserem Vater und auch das Verhältnis von uns Geschwistern untereinander.«

»Wie waren denn die Verhältnisse untereinander?«

Schneider lebte also doch noch, stellte Lisa erleichtert fest.

»Beschissen, um es mal ganz profan auszudrücken«, antwortete Sina. »Meine Brüder haben sich gehasst. Stefan war bei meinen Eltern die Nummer eins und diese Position hat er mit Zähnen und Klauen verteidigt. Martin hatte ab einem gewissen Punkt allerdings auch gar nicht mehr versucht, Liebe und Anerkennung auf eine positive Art zu erhalten. Es kam mir vor, als ob ihm irgendwann alles egal geworden war. Er liess sich völlig gehen, sowohl in der Schule als auch zu Hause. Die Prügel, die er ständig von meiner Mutter aber auch von Stefan einkassierte, ertrug er meistens schweigend. Er war wie ein lebender Toter.«

Lisa konnte sich das überhaupt nicht vorstellen. Obwohl sie gesehen hatte, wie Martin in diesem Haus lebte und gehört hatte, wie die Eltern über ihn gesprochen hatten. Diese Welt war ihr völlig fremd und ihr wurde bewusst, dass sie für diesen Umstand dankbar sein konnte. Schneider hatte schon wieder diesen halbtoten Blick und wirkte ziemlich abwesend. Nach raffinierter Ermittlertaktik sah das jedenfalls nicht aus. Also fragte Lisa weiter:

»Und Sie? Wie standen, beziehungsweise stehen, Sie zu Ihren Brüdern?«

Sina lachte trocken.

»Gar nicht.«

»Wie – gar nicht?«

»Stefan ist, oder vielmehr war, ein cholerischer, alkoholsüchtiger Irrer. Deswegen kann ich mir auch beim besten Willen nicht vorstellen, dass bei der Beerdigung irgendjemand wirklich traurig war. Wahrscheinlich nicht mal Susanne, seine Frau. Die hat ihn und meine Eltern ja einige Jahre mehr oder weniger klaglos ertragen, sie ist offenbar ziemlich hart im Nehmen.«

Lisa seufzte leise. Warum nur hatte sie vorhin so einen Bockmist erzählt? Um nett zu sein? Kein Wunder, dass Schneider sie immer wieder als »nettes Mädchen« bezeichnete, obwohl er genau wusste, wie sehr sie sich darüber ärgerte.

»Und Martin?«

»An den kommt ja niemand heran. Der hat sich eingemauert, schon als Kind. Er ist das, was Therapeuten dissoziiert nennen. Er hat sein Wesen von seinem Körper abgespalten. Das, was Sie von ihm sehen, der Mensch, mit dem Sie da reden, falls er mit Ihnen geredet hat, das ist nur seine äussere Hülle.«

Lisa versuchte, Sinas Ausführungen zu folgen. Ganz gelang ihr das nicht.

»Wie funktionieren narzisstische Mütter?« Schneiders Stimme war ganz leise. Immerhin sagte er überhaupt einmal etwas. Lisa bemerkte, dass sie vor Spannung an ihren Fingernägeln herumzupfte und zwang sich, damit aufzuhören.

»Narzisstische Mütter«, erzählte Sina, »haben ein Lieblingskind. Das goldene Kind. Dieses Kind ist zum Angeben gemacht. Es wird mit Lob und Anerkennung überschüttet, natürlich auch nur für erbrachte Leistungen. Aber die Leistungen werden immerhin anerkannt. Auch wenn sie nicht überragend sind, dieses Kind ist in den Augen seiner Mutter perfekt. In diesem Kind sieht sie ihre guten Seiten. Das war Stefan, wie Sie sich wohl denken können.«

»Und die anderen Kinder der Familie?«, wollte Lisa wissen. Schneider hingegen war wieder ganz ruhig. Lisa bemerkte, dass er ganz bleich war und eine komische Falte um den Mund herum bekommen hatte.

»Die anderen Kinder? Nun, da gibt es vor allem ein leidtragendes Kind: den Sündenbock. Das schwarze Schaf der Familie. Egal, was dieses Kind macht, es ist falsch. Egal, wie sehr sich dieses Kind bemüht, abstrampelt, leistet – es genügt nie. Keine Anerkennung, keine Liebe, im Gegenteil.

Der Sündenbock ist an allem schuld. Alles, was die Mutter an emotionalen Defiziten hat, projiziert sie auf dieses Kind. Der Sündenbock repräsentiert sozusagen die dunkle Seite seiner Mutter. Das war Martin. Er ist es immer noch. Meine Mutter hatte auch Stefan immer dazu ermutigt, Martin für alles, was schieflief, verantwortlich zu machen. So war Martin immer an allem schuld. Sein Leben lang.«

»Lieber Himmel«, entfuhr es Lisa, »das ist ja Psychoterror!«

»Ja«, nickte Sina, »das ist es. Der Narzissmus meiner Mutter hat unsere Familie kaputt gemacht. Sie hat unsere Kindheiten zerstört.«

Seltsamerweise lag in diesen Worten keine Anklage. Sina redete ruhig und klar. Mit überlegten Worten und kontrollierten Handbewegungen erklärte sie das Drama ihrer Familie, als wäre sie nicht selbst Teil davon gewesen.

Schneider schien einen Frosch verschluckt zu haben. »Und Ihre Rolle?«, fragte er gepresst.

»Ich? Ich war mal das eine oder das andere. Je nach Lebenslage. Wenn meine Mutter mit mir angeben konnte, war alles gut. Wenn nicht, hat sie mir das Leben zur Hölle gemacht. Ich bin so durchgekommen. Wer wirklich gelitten hat, das waren meine Brüder.«

»Beide?«, staunte Lisa. Die Arschkarte hatte doch nur der jüngere Bruder gezogen, befand sie.

Sina sah Lisa direkt an. Lisa hatte dabei das Gefühl, dass Sina auf den Grund ihrer Seele schauen konnte. Was er dort wohl zu sehen gab? Immerhin war Sina nett zu ihr, auch wenn Lisa keine Ahnung von dissoziierten Zombies, narzisstischen Müttern und cholerisch-alkoholisierten Brüdern hatte.

»Stellen Sie sich vor, Sie leben in dieser Atmosphäre aus Angst und Druck.«

Lisa hörte zu, vorstellen wollte sie sich das aber nicht.

»Für Stefan war es auch schwer. Er musste ja auch leisten und hatte niemanden, von dem er Hilfe erwarten konnte. Keine wirklichen Bezugspersonen, keine Unterstützung. Ich denke mal, dass auch er ziemlich einsam war in seinem Leben.«

Lisa überlegte, ob sie jetzt Mitleid mit Stefan Berg haben sollte. Also, abgesehen von dem Mitleid, das man grundsätzlich wohl mit jemandem haben musste, der ermordet worden war. Sie kam zu dem Schluss, dass Stefan Berg auch andere Entscheidungen in seinem Leben hätte treffen können. Hatte er aber nicht. Aber auch Martin hatte keine andere Entscheidung getroffen.

Dieses Mal war die Gesprächspause nicht ganz so quälend lang, Sina erzählte weiter:

»Meine Eltern haben Stefan den Betrieb vor zwei Jahren überschrieben. Damit der als Ganzes in der Familie bleibt. Martin wurde dann Geschäftsführer. Zwischen den beiden lief es aber immer schlechter, Martin konnte sich gegen Stefan nicht durchsetzen. Es gab ständig Streit, immer nach den gleichen Mustern. Das goldene Kind und der Sündenbock hatten ihre Rollen akzeptiert und lebten nach ihnen.«

Sie seufzte und schwieg einen Moment. Dann fuhr sie fort: »Ich gebe Ihnen ein Beispiel: Meine Mutter bekam früher ab und zu Pralinen geschenkt. Von zufriedenen Kunden, Geschäftspartnern und so. Die behielt sie immer für sich, nur zu ausgewählten Gelegenheiten bekamen Stefan und ich eine.«

»Martin nicht?«

»Nein, sie sagte immer, er sei sowieso zu dick oder zu frech oder was weiss ich. Es gab immer einen Grund, ihm keine Praline zu geben. Eines Tages fehlten in der Schachtel ein paar Pralinen. Ich war den ganzen Tag weg gewesen, aber als ich nach Hause kam, war die Hölle los. Meine Mutter brüllte wie eine Irre herum, sie sei bestohlen worden und wir Kinder seien elende Diebe und so weiter. Dann knöpfte sie sich meine Brüder vor. Ich wusste, dass beide von den Pralinen genommen hatten, das hatte ich am Morgen noch mitbekommen, aber Stefan stritt alles ab und schob es auf Martin. Da packte meine Mutter ihn an den Haaren und zerrte ihn in die Küche. Dort zwang sie ihn, die ganze Schachtel aufzuessen. Nur – jedes Mal, wenn er eine Praline runtergewürgt hatte, zog sie ihm die Schneide von einer Küchenschere über den Bauch. Ich höre heute noch manchmal seine Schreie.« Berg brach ab. Ihr Lippen zitterten und sie hatte Gänsehaut auf den Armen.

»Oh mein Gott!« Lisa schlug die Hände an ihre Wangen. »Das ist ja Kindesmisshandlung!«

Sie war den Tränen nahe. In der Theorie

wusste sie ja, dass es Eltern gab, die ihre Kinder misshandelten und manchmal sogar töteten. Aber in der Praxis hatte sie so etwas noch nie gehört, so live und in Farbe. Sie schaute zu Schneider herüber. Der sah aus, als habe er in der Zwischenzeit eine Schnellmumifizierung durchlaufen. Grau und eingefallen hockte er da.

XXXIII

Der Nebel hatte sich gelichtet. Schneiders Gehirn gab die Erinnerung frei und im selben Moment wünschte er sich, es wäre nicht geschehen.

Sein Bruder nervt ihn. Der Holzschläger gehört seinem Bruder und ihm der Aluminiumschläger. Der ist leichter und man kann die Federbälle damit besser schlagen. Sein Bruder will auch einen Aluschläger, aber den hat Mutter nun mal ihm geschenkt und nicht seinem Bruder. Nun hat der ihn sich einfach genommen und gibt ihn nicht mehr her.

»Du gewinnst immer nur, weil du den besseren Schläger hast«, motzt Jan.

»Na und? Er gehört mir und nicht dir. Mutter hat ihn mir geschenkt!«, faucht Schneider zurück.

Sie schubsen sich gegenseitig. Schneider ist wütend. So wütend, dass er ins Haus läuft, um sich bei seiner Mutter über Jan zu beschweren. Jan läuft hinter ihm her. Auf dem Weg in die Küche laufen sie an Mutters Kristalltiersammlung vorbei. Schneider rennt gegen das Tischchen und der grosse Schwan, den Mutter zu Weihnachten bekommen hat, fällt herunter. Wie in Zeitlupe trudelt das Tier der Erde entgegen. Die beiden Brüder schauen entsetzt zu, unfähig sich zu bewegen und das Tier aufzufangen. Auf dem Boden angekommen, zerschellt der Schwan in tausendundein Stücke. Schneider und Jan verharren in ihren Positionen. Das Entsetzen kriecht ihnen eiskalt durch die Körper, beide stehen wie gelähmt neben den Glasscherben.

»Was zum Teufel …«, ihre Mutter kommt aus der Küche gerannt. Sie sieht ihre beiden Söhne neben den Scherben ihres toten Schwans stehen. Stille. Die Uhr im Gang tickt. Die Zeit läuft weiter. Die Erde dreht sich. Und die Mutter schreit los. Wie eine Wahnsinnige. Ihr Schwan, ihr kostbarer Schwan, wer hat ihr das nur angetan. WER??? Schneider dreht den Kopf zu ihr, zögert voller Angst, schliesslich sagt er: »Jan war's.« Sein Bruder, starr vor Schreck und Panik, bringt kein Wort heraus. Ein Protest seinerseits ist zwecklos, das wissen beide. Aber in seinem Blick, dem letzten Blick, mit dem er seinen Bruder ansieht, bevor seine Mutter ihn packt und ins Zimmer schleift, sind Verzweiflung und Todesangst.

Drei Tage kann Jan nicht mehr laufen. Seine Mutter verbietet seinem Vater, Jan zum Arzt zu bringen. Fortan trägt Jan immer lange Hosen, Winter wie Sommer.

Schneider hörte Sina gar nicht mehr reden. Erst als Lisa ihn kurz an der Hand berührte, kam er wieder in die Gegenwart. »Wie viele?«, flüsterte er.

»Was, wie viele?«, fragte Sina ein wenig ratlos.

»Wie viele Narben hat Martin an seinem Bauch?«

»Zweiundzwanzig«, antwortete Sina. »Zweiundzwanzig Pralinen, zweiundzwanzig Narben.«

Schneider sah Lisa an. Ihrem völlig verstörten Gesichtsausdruck nach zu urteilen, hatte sie so etwas noch nie gehört, geschweige denn erlebt. Beneidenswert.

»Sie sind vor ein paar Jahren von Ihrer Familie weggezogen, nicht wahr?«, fragte sie.

»Ich konnte so nicht weitermachen. Ich war psychisch am Ende«, antwortete Berg. »Ich habe meine Familie verlassen und mir etwas Eigenes aufgebaut. Und die Therapie angefangen.«

»Das braucht Mut«, Schneider hörte die Anerkennung in Lisas Stimme.

»Ja, sicher. Mut und Überlebenswillen. Ich weiss nicht, von wem ich diese Eigenschaften übernommen habe. Aber ich wusste, dass ich aus diesem System herausmuss.«

Schneider wartete. Sina war deutlich mitteilsamer als der Rest dieser verkorksten Familie und würde schon weitersprechen, wenn ihr wieder danach war. Was sie dann auch tat: »Meine Mutter hat mir das sehr übelgenommen. Sie verlor damit die Kontrolle über mich. Das mit dem Narzissmus, die Erkenntnis, dass meine Mutter eine Persönlichkeitsstörung hat, das hat mich sehr getroffen. Ich meine, ich wusste ja, dass das nicht normal ist, was da läuft. Auch wenn es in meiner Kindheit Normalität war. Trotzdem hatte ich das Gefühl, man habe mir meine Kindheit gestohlen. Und ich musste lernen damit zu leben, dass meine Mutter mich nie geliebt hat. Zu so etwas ist meine Mutter gar nicht fähig. Als Kind dachte ich immer, dass ich gar nicht zu dieser Familie gehöre. Dass ich ausgetauscht worden wäre. Jahrelang habe ich darauf gewartet, dass meine echten Eltern kämen und mich aus dieser Familie holen würden. Es kam nur niemand.« Sina schaute auf den Boden. Schneider kaute auf seiner Unterlippe herum.

»Und ihr Vater?«, fragte Lisa schliesslich. »Hat der denn nie etwas gesagt?«

»Oh, den hatte meine Mutter an der kurzen Leine. Keinen Schritt konnte er machen, keinen Satz reden, ohne dass sie das nicht kommentiert und ihn dabei abgewertet hätte. Und so hat er immer gemacht, gesagt und getan, was sie wollte.«

»Warum hat er sich denn nicht von Ihrer Mutter getrennt?« rutschte es aus Lisa heraus. Schneider wunderte sich, ob man so etwas überhaupt fragen dürfte, aber Sina schien es Lisa nicht übel zu nehmen. Sie lachte kurz und bitter auf.

»Narzissten verlässt man nicht. Sie erfinden eine Millionen Gründe, warum sie bedürftig sind. Sie lügen, manipulieren und leiden. Mein Vater hatte einmal eine Affäre. Das ist schon Jahre her. Für diese Frau wollte er meine Mutter verlassen, er hatte sich sehr verliebt. Meine Mutter kriegte das raus. Die Szene, die sie dabei ablieferte, das war grosses Theater. Klar ist es nicht schön, wenn der Partner fremdgeht, aber in einer guten Beziehung passiert so etwas ja auch nicht.«

»Wie hat Ihre Mutter denn reagiert?«, fragte Lisa. Sina verzog den Mund, offenbar gehörte die Erinnerung daran nicht zu ihren persönlichen Best-of-Kindheit-Erlebnissen.

»Sie schrie wochenlang herum, lag die meiste Zeit auf dem Boden in einer Lache aus Rotz und Tränen. Es war furchtbar. Danach hat mein Vater sein Leben endgültig aufgegeben. Niemand trennt sich von einem Narzissten. Denn Narzissten suchen ihre Partner vorher sehr sorgfältig aus. Sie brauchen schwache Persönlichkeiten, die keine Verantwortung für ihr Leben übernehmen können. Die lieber selber zugrunde gehen, als für sich einzustehen.«

Schneider und Lisa schwiegen. Die schreiende Mutter am Boden hatten beide noch sehr lebhaft vor Augen.

Sina fuhr fort: »Wissen Sie, eine Familie sollte ein Ort der Sicherheit und Geborgenheit sein. Meine Familie ist wie Treibsand. Von aussen sieht sie ganz normal aus. Und in Wirklichkeit verschlingt und vernichtet sie jeden.«

XXXIV

Lisa und Schneider verliessen das Haus. In der Zwischenzeit hatte sich das Gewitter voll entwickelt. Ein Sturm tobte durch die Strassen, rüttelte und zog an den Bäumen, deren Äste herumgeschleudert wurden wie die Arme eines Kraken. Kleine Zweige und Blätter flogen durch die Luft. Lisa fühlte sich in ihrem Inneren ähnlich durchgeschüttelt. Das Gespräch mit Sina hatte sie verstört, all diese Bösartigkeiten, die in dieser Familie gang und gäbe gewesen waren, waren ihr fremd und unverständlich. Ausserdem benahm sich Schneider mehr als seltsam. Er lief, ohne rechts oder links zu schauen, zum Auto. Ohnehin nicht sehr gesprächig, war er jetzt unerreichbar und Gang und Mimik hatten etwas zombiehaftes an sich. Lisa ging davon aus, dass es nicht der Kaffee war, sondern etwas aus Sinas Erzählungen war, das ihm schwer auf dem Magen lag.

Sie stiegen ins Auto, Schneider startete den Motor und fuhr los, den Blick starr nach vorne.

Er schien weder die schlechte Sicht zu bemerken noch die anderen Autos auf der Strasse. Weil er die Scheibenwischer nicht angestellt hatte, war der Blick durch die Windschutzscheibe ziemlich eingeschränkt. Lisa wies ihn vorsichtig darauf hin, doch Schneider schien sie gar nicht zu hören. Sie klammerte sich verängstigt auf ihrem Sitz fest und fragte sich, was nur mit ihrem Partner los war. Er, der harte Hund, der zwei Scheidungen, den Selbstmord seines Bruders, den Krebstod seiner Mutter und eine Büropalme überlebt hatte – jetzt drehte er durch. Der Sturm peitschte den Regen über das Auto hinweg. Die Scheiben liefen an, mit Sehen war Essig. Die Autos um sie herum hupten und bremsten. Es war ein echtes Wunder, dass Schneider noch keinen Unfall gebaut hatte. Er fuhr viel zu schnell durch den Ort und noch viel mehr zu schnell, als sie schliesslich auf der Landstrasse waren. Lisa sah schon ihr Leben an sich vorüberziehen und nahm sich fest vor, Luca zu sagen, dass sie ihn liebte, falls sie jemals wieder sehen sollte. Gleichzeitig wurde sie immer wütender auf Schneider, der ihr beider Leben so leichtfertig aufs Spiel setzte. Mit seinem konnte er ja machen, was er wollte, aber über ihres wollte sie selbst bestimmen.

In Schneider tobte es. Sein Kopf hämmerte, sein Gehirn arbeitete wie verrückt und es fühlte sich an, als sei es kurz vor der Kernschmelze. Ein wilder, schrecklicher Schmerz hatte ihn gepackt und frass sich durch ihn hindurch. Der Blick seines Bruders. Wie hatte er das nur vergessen können? Wie hatte er sich die ganzen Jahre nur so dumm stellen können? Wie hatte er sich nur fragen können, warum sein Bruder nicht mehr als das Nötigste mit ihm sprach? Er, nur er war schuld an allem, verantwortlich für Jans Unglück und seinen Selbstmord. Er allein und sonst niemand.

Erst als Lisa ihn am Arm packte und anschrie, nahm er sie wieder wahr. Schneider legte eine Vollbremsung hin und brachte den schlingernden Wagen am Strassenrand zum Stehen. Er hatte das Gefühl, auf seiner Brust trample ein wild gewordener Elefant. Schneider schnappte nach Luft, seine Kehle war eng und schmerzte.

Er riss die Tür auf, sprang aus dem Auto heraus und in den Regen hinein. Er stolperte einige Meter über einen frischgepflügten Acker, fiel über seine Füsse und ging schliesslich im Matsch in die Knie.

Lisa sass mit wechselnden Gefühlen im Auto. Immerhin – sie lebte noch. Ihr Partner, sonst schon mit einer kurzen Zündschnur versehen, hatte nun völlig die Fassung verloren. Nur wie durch ein Wunder war er nicht in ein anderes Auto hineingefahren. Aber mit null Sicht und zweihundert Sachen über die Landstrasse – so gut fuhr nicht mal ein Christian Schneider. Nun hockte er da draussen im Schlamm und erwürgte Erdschollen. Einigermassen panisch fragte sie sich, was sie nun tun solle. Schneider da sitzen lassen? Die Polizei alarmieren? Luca anrufen? Dracula um Hilfe bitten? Erwachsen tun?

Sie entschied sich schliesslich für Letzteres, stieg aus und watete durch den völlig aufgeweichten Acker zu ihm. Schneider kniete immer noch da, wippte mit dem Oberkörper vor und zurück. Und er schrie. Nichts Zusammenhängendes. Er brüllte einfach herum wie ein Irrer.

Lisa packte ihn an den Schultern: »Christian! Christian!!! Schau mich an! Jetzt! Schau mich an!« Wieder und wieder kreischte sie mit sich überschlagender Stimme auf ihn ein, bis sie fast heiser war.

Irgendwann schaute er dann tatsächlich zu ihr auf. Er hörte auf zu brüllen und weinte nur noch. Allerdings konnte das Wort »weinen« es nicht annähernd beschreiben, was da aus ihm herausbrach. Scheisse. Ein hysterisch schluchzender Mann. Sie hatte nicht mal ein Taschentuch dabei. Wobei das wohl auch nicht viel genützt hätte. Ihn in die Arme zu nehmen, das kam eigentlich nicht in Frage. Eigentlich. Sie zögerte. Überlegte hin und her. Schliesslich kniete sie sich zu ihrem Partner in den Schlamm und umarmte ihn. Und Schneider klammerte sich an sie wie ein zum Ertrinken verdammter Dritte-Klasse-Titanic-Passagier und warf hemmungslose Sturzbäche aus. Ihn festhaltend, streichelte Lisa seinen pitschnassen Rücken.

XXXV

Ach du lieber Himmel, was ist denn mit euch passiert? Hattet ihr einen Unfall?«, rief Mirja erschrocken, während sie Lisa half, den völlig verdreckten Schneider aus dem Auto herauszuziehen.

»Nein, keinen Unfall. Er ist aber komplett durch den Wind und braucht dringend ein Beruhigungsmittel oder so was«, keuchte Lisa, während sie beide Schneider Richtung Eingang schoben. Dracula kam ihnen an der Tür entgegen. Beim Anblick des Trios drehte er auf dem Absatz um und holte seinen Arztkoffer. Dracula war ein Doktor der alten Schule und hatte sowas tatsächlich im Hause.

»Bringt ihn hier zur Couch«, rief er den beiden Frauen zu, während er eine Spritze aufzog. Lisa fragte gar nicht, was da drin war. Sie bugsierte den halb katatonischen und völlig verschlammten Schneider auf die schöne Künstlercouch. Mirja sauste los und kam mit einem Stapel Handtücher zurück. Sie versuchten, Schneider von Schlamm an Kleidern und Körper zu befreien, während dieser sich wand und zuckte, was es nicht gerade einfacher machte.

»Ich glaube, wir sollten ihn ausziehen«, sagte Mirja, aber Lisa schüttelte den Kopf. Sie hatte heute schon mehr von ihrem Partner gesehen, als sie je hatte sehen wollen. Dracula jagte dem zitternden und brabbelnden Schneider die Kanüle in den Arm und wenige Minuten später schlief dieser wie ein Murmeltier. Es war dann Dracula, der ihn zudeckte, ihm darunter noch die Hose und das Hemd auszog, und ihn, so gut wie es eben ging, trocknete. Mirja setzte Tee auf und Lisa ging in ihr Zimmer, um sich umzuziehen.

»Was ist passiert?«, erkundigte sich Dracula, als Lisa zurückkam. Dracula hörte Lisa während der Erzählung zu, nippte an seiner Teetasse und legte zwischendurch seine Stirn in Falten. Als Lisa zu Ende erzählt hatte, war sie wirklich erschöpft.

»Komm, Liebes«, sagte Mirja zu ihr und strich ihr sanft über den Kopf. »Duschen und ab ins Bett. Das war ein harter Tag. Ich sag Arturo, dass er heute bei dir schlafen soll.«

»Danke.« Lisa lächelte sie an. Als sie die

Treppe zu ihrem Zimmer hochging, drehte sie sich noch einmal um. Dracula sass auf dem Sessel neben dem Sofa und bewachte Schneider. Der Anblick rührte sie. Lisa duschte noch kurz und krabbelte in ihr Bett. Arturo kam schnurrend zu ihr und kuschelte sich an ihrer Seite ein. Lisa griff noch schnell zu ihrem Handy.

»Ich liebe Dich, Luca«, schrieb sie.

Von ihm kam postwendend ein Herzemoji zurück.

XXXVI

Schneider schlief bis zum nächsten Vormittag. Um neun Uhr öffnete er das linke Augenlid. Um halb zehn dann das rechte. Er sah sich um und es dämmerte ihm nur langsam, wo er war. Dann entdeckte er Dracula auf dem Sessel neben seinem Sofa. Er hatte dort wohl die ganze Nacht gesessen, wie schon einmal vor einigen Jahren, und ihn nicht aus den Augen gelassen.

»Guten Morgen«, lächelte Dracula freundlich. Schneider grunzte und legte seinen Arm über sein Gesicht. Er krächzte vor sich hin und Dracula fragte nach.

Schneider grinste, leicht benebelt: »Birds flying high you know how I feel ... irgendwann machst du mich noch zum Junkie!«

Dracula goss ein Glas Wasser ein und sang leise, während er es Schneider reichte: »Sun in the sky you know how I feel ...« Er legte den Kopf nach hinten und seufzte: »Nina.«

Schneider trank das Glas in einem Zug aus.

»Verdammter Mist«, brach es aus ihm heraus.

»Was ist verdammter Mist?«, wollte Dracula wissen. »Lisa. Lisa war gestern dabei. Ich kann mich nicht an alles
erinnern, aber der Teil, an DEN ich mich noch erinnern kann, das hätte mir nicht passieren dürfen. Nicht vor ihr.«
»Sie ist deine Partnerin«, sagte Dracula. »Partner wissen immer alles von einem. Irgendwann. Denk an Peter.«
Peter sass jetzt aber an der südfranzösischen Riviera und liess sich dort die Sonne auf den Bauch scheinen. Schneider seufzte. Er vermisste Peter. Jeden Tag. Zwanzig Jahre hatten sie zusammengearbeitet. Ausser in den Ferien, die beide meist sowieso nicht bezogen hatten, waren sie immer zusammen gewesen. Vielleicht war das genau sein Problem mit Lisa: Sie war kein Peter. Und würde auch nie einer werden. Allerdings war sie nicht komplett untauglich. Aber sie war eine Frau. Immerhin keine von der üblen Sorte. Vielleicht würde er das Frauendings bei ihr irgendwann ausblenden können. Trotzdem ... Wenigstens war Dracula noch da.

»Was ist passiert, gestern?«, fragte Dracula.

Schneider murmelte leise: »Mich hat der Schlag der Erkenntnis getroffen.«

»Wie meinst du das?«

Schneider, immer noch ziemlich benebelt, schob seine schwere Zunge im Mund hin und her. Mit geschlossenen Augen bemühte er sich um eine deutliche Sprache und klang dabei wie ein Betrunkener, der sich bemüht, nüchtern zu wirken.

»Diese Familie, diese Strukturen, der Umgang miteinander. Das war bei uns genauso. Und genau wie Sina Berg hatte ich das immer für normal gehalten, auch wenn ich wusste, dass es nicht normal war. Sie sagte gestern, sie habe sich gefühlt, als habe man ihr die Kindheit gestohlen.«

Er legte eine Pause ein. Himmel, war Reden anstrengend. Dracula wartete geduldig.

Schneider fuhr fort: »Genau dieses Gefühl überkam mich gestern. Und dass sie immer auf ihre echten Eltern gewartet hat. Dass die sie holen kommen. Genau wie sie habe ich als Kind auf meine ›echten‹ Eltern gewartet. Immerhin hat dieser Wahnsinn jetzt einen Namen.«

Er schwieg und döste kurz weg. Irgendwann blinzelte er Dracula wieder an. Der reichte ihm ein weiteres Wasserglas.

»Narzisstische Persönlichkeitsstörung, sagt dir das was?«, fragte Schneider.

»Klar«, antwortete Dracula, »das ist gar nicht so selten, wie du jetzt vielleicht meinst.«

Schneider verzog den Mund. Seine Zunge fühlte sich immer noch an wie ein grosser Watteklumpen.

»Ich weiss jetzt auch, warum mein Bruder sich umgebracht hat.«

Er stockte kurz.

»Ihm ging es genauso wie dem Bruder des Toten. Und ich war das Arschloch, das ihn immer wieder hat spüren lassen, dass er weniger wert war als ich. Das ist nichts, worauf ich stolz bin. An die eine Sache habe ich mich gestern wieder erinnert.«

Dracula wartete auf Schneiders weitere Ausführungen, während dieser sich mit beiden Händen durchs Gesicht rieb.

»Eine uralte Geschichte. Mein Bruder hatte mich geärgert. Wie es Geschwister wohl so tun. Dabei ist eine der Glasfiguren meiner Mutter zu Bruch gegangen. Sie hat diese Dinger gesammelt und in sie immer ziemlich viel Geld reingesteckt. Während mein Bruder und ich meist nicht mal eine warme Winterjacke hatten. Naja, jedenfalls hab ich das Teil, das war so ein Schwan, vom Tisch geworfen und er war Schrott. Meine Mutter ist ausgerastet. Und ich ...«, Schneider schluckte, »ich hab's meinem Bruder in die Schuhe geschoben.«

Er wusste, dass Dracula auch weiterhin sein Freund sein würde, auch wenn er ihm seine dunkelsten Geheimnisse anvertraute. Da konnte sich Schneider sicher sein.

»Wie ist es weiter gegangen?«, fragte Dracula leise.

»Meine Mutter hat ihn halb totgeprügelt. Mit der Peitsche. Danach ist mir mein Bruder für den Rest seines Lebens aus dem Weg gegangen.«

Schneider schluckte. Dieses Scheissgefühl, das ihm im Nacken sass, das kam nicht nur von Draculas Drogen. Das war die hässliche Schuldkröte, die da hockte.

»Ob du's glaubst oder nicht: Ich hatte die Geschichte vollkommen verdrängt. Konnte mich nicht daran erinnern. Und ich habe mich immer wieder gefragt, warum wir kein gutes Verhältnis hatten. Ich hatte es einfach vergessen. Bis gestern. Bis zu dem Moment, an dem Sina Berg uns über den Narzissmus ihrer Mutter aufklärte.«

»Das nennt sich Schutzamnesie«, erklärte Dracula. Er schwieg einen Moment und rieb dabei seine Nase. Das machte er meistens, wenn er nachdachte. »Ich glaube nicht, dass du dir da Vorwürfe machen musst«, sagte er schliesslich.

»Ich mach mir aber Vorwürfe«, antwortete Schneider.

»Ich weiss. Und das ist auch erst mal ganz gut so. Es zeigt, dass du ein funktionierendes Gewissen hast. Aber du warst ein Kind und hast das umgesetzt, was man dir vorgelebt hat. Wenn da einer die Verantwortung für dein Verhalten als Kind trägt, dann deine Eltern, die es dir so und nicht anders gezeigt hatten. Es war die Entscheidung deiner Mutter, deinen Bruder halb totzuschlagen, wegen irgendwelchen Nippes.«

Schneider lag einen Moment mit geschlossenen Augen da. Es tat gut, eine Art Absolution erteilt zu bekommen. ›Papst Dracula‹ geisterte es durch Schneiders Kopf und er grinste.

»Ich weiss jetzt, warum meine Ehen gescheitert sind«, sinnierte er vor sich hin.

»Ach ja?«, wunderte sich Dracula.

»Ich hatte mir Frauen ausgesucht, mit denen ich die verkorkste Ehe meiner Eltern nachleben konnte. Das konnte nicht funktionieren.«

»Naja, Ehen …«, Dracula zuckte mit seinen knochigen Schultern, »du hast dir halt zwei spezielle Exemplare der Gattung Ehefrau ausgesucht. Wobei ich da nicht viel zu sagen kann.«

»Und ich weiss auch, wer der Täter ist. Die arme Sau …«, Schneider empfand tatsächlich Mitleid. Er hob die Decke und warf einen Blick auf seinen halbnackten Körper: »Wer hat mich eigentlich ausgezogen?«

»Das war ich.«

»Uff. Ich hatte schon befürchtet …«

»Sie ist ein nettes Mädchen«, sagte Dracula, »und sie hat ein wirklich gutes Herz.«

»Vor allem ein grosses«, spottete Schneider.

Dracula zog die Augenbrauen hoch. Sehr hoch.

»Jaja, ich WEISS!«, grummelte Schneider genervt. »Wer im Glashaus sitzt …«

Dracula nickte.

»Sie hasst es übrigens, wenn man sie als »nettes Mädchen« bezeichnet«, lallte Schneider.

Dracula schmunzelte. »Im Vergleich zu uns zwei alten Knackern ist sie nunmal ein Mädchen.«

»It's a new dawn, it's a new day, it's a new life, for me, and I'm feeling good.« Schneider krächzte und kicherte vor sich hin und war froh, dass sein Hirn noch funktionierte, trotz Drogencocktail. Als er vor ein paar Jahren im Medikamentenrausch auf der gleichen Couch gelegen hatte, hatten Dracula, Peter und er immer Nina Simone gehört. Die Lieblingssängerin von Draculas Frau.

XXXVII

Der Mörder sass an seinem Schreibtisch. Vor ihm lag die schwarz schimmernde Pistole, die der Tote immer in seiner Schublade aufbewahrt hatte. Heute und hier versprach ihm diese Waffe die einfache Lösung seiner Probleme. Wobei er sich ja doch nicht ganz sicher sein konnte, ob er sein Opfer nicht im Jenseits wieder treffen würde. Dann wäre alles vergebene Mühe gewesen. Ausserdem würde sein Opfer es fertigbringen, ihn auch noch beim Teufel anzuschwärzen und ihn für seine eigenen Schandtaten büssen zu lassen. Der Mörder überlegte hin, überlegte her. Er atmete tief ein und aus. Sein Leben war von Anfang an ein Murks gewesen. Und durch den Mord nicht wirklich besser geworden. An Selbstmord hatte er schon früher mehr als einmal gedacht, aber nie den Mut gehabt, das auch wirklich durchzuziehen. So wie jetzt. Er überflog noch einmal das Geständnis, an dem er die letzten Stunden herumgeschrieben hatte.

Das war ziemlich schwierig gewesen, denn wie sollte er sein lebenslanges Leiden an der Seite des Toten adäquat beschreiben? Wie all die Demütigungen und Enttäuschungen in Worte fassen? Er hatte von seiner Gefühlswelt geschrieben, von dem Empfinden, fremd im eigenen Leben zu sein. Davon, wie er sich selber oft von aussen gesehen hatte, sich seiner selbst nicht mehr bewusst, was und wer er eigentlich war. Davon, wie er Opfer der Umstände und der Menschen um ihn herum gewesen war, wie es ihn immer wieder zerrissen hatte. Auch hatte er geschrieben, dass er nicht ins Gefängnis gehen wollte, er habe sein ganzes Leben schon in einem verbracht. Der Tod sei nun eine Erlösung für ihn.

Alles in allem waren ihm seine Erklärungen irgendwie zu verworren und verschwurbelt vorgekommen, der Brief hatte nicht das ausgedrückt, was in seinem Inneren wirklich so lange gegärt hatte.

Schlussendlich zerriss er den langen Brief, warf ihn weg und begnügte sich mit der Kurzfassung: »Er war ein Schwein und ich habe ihn gehasst. Aus diesem Grund habe ich ihn getötet. Ich bereue es nicht.«

Das war zwar weder kreativ noch individuell, aber immerhin klar und verständlich. So konnte das wohl in jedem Geständnis stehen, aber mehr gab es dazu halt auch nicht zu sagen.

Er hob die Waffe und setzte sie an die Schläfe. Sein Zeigefinger allerdings wollte nicht so recht den Hahn durchziehen.

Genau in diesem Moment ging die Tür auf. Der Kommissar stand da, mit seiner Partnerin. Beide sahen die Waffe. Blondie wurde bleich und schloss ihre Augen. Was war denn das bitte für eine Polizistin??? Dafür reagierte ihr Partner umso fixer. Schneller als Lucky Luke hatte er seine Waffe gezückt und abgedrückt. Ein lauter Knall, ein brennender Schmerz, und der Mörder liess die Waffe fallen. Der Bulle hatte ihm einen Streifschuss auf dem Handrücken verpasst. Und der tat satanisch weh.

»Au, aua, du verdammtes Aas«, schrie der Mörder los.

XXXVIII

Lisa riss die Augen auf. Ihre Ohren schmerzten, so ein Schuss war einfach unglaublich laut. Schneider steckte seine Waffe gerade wieder ein und legte dem ziemlich-wahrscheinlich-Täter die Handfesseln an. Auf dem Tisch lag ein kurzer, handgeschriebener Brief. Lisa warf einen Blick darauf. Es war ein Geständnis. Zum Glück. Denn Dracula und Katja hatten zwar doch noch DNA-Spuren gefunden, doch das waren nur Indizien, keine Beweise, ein guter Anwalt hätte das vielleicht doch noch wegdebattieren können. Dann sah sie die Hand des Mörders. Ein blutiger Streifen zog sich über seinen rechten Handrücken. Er jammerte und jaulte vor Schmerzen und Lisa lief los, um Verbandszeug zu holen. Zeitgleich mit ihrer Rückkehr kam die Mutter schreiend in den Raum gestürzt. Bevor Lisa sich fragen konnte, was die Frau heute in der Gärtnerei machte, prasselte eine Flut an hässlichen Wörtern auf sie alle ein. Sie benahm sich wie eine Irre. Beschimpfte Schneider, beschimpfte Lisa und den Mörder. Eine echte Furie. Lisa ertappte sich bei dem Gedanken, ob es nicht möglich wäre, so eine Art Instant-Karma in Form eines herabzuckenden Blitzes für die Alte zu bestellen. Sie schob diesen wirklich bösen Gedanke schnellstmöglich zur Seite. Offenbar hatte die Zeit mit Schneider schon Spuren hinterlassen.

»Drama, Baby, Drama«, murmelte sie, während sie dem Mörder die Hand mit Mull umwickelte und kurz nachschaute, ob Schneider die Handfesseln auch nicht zu fest gemacht hatte. Hatte er nicht. Sie lächelte Schneider an, und der schenkte ihr ein halbes Lächeln zurück.

Schneider hätte der Alten gerne all das gesagt, was er seiner Mutter nie gesagt hatte. Dass alles ihre Schuld war. Dass sie ein verdammtes Miststück war. Ausserdem hätte er ihr gerne den Kiefer gebrochen und so manches mehr, aber das stand nicht im Dienstprotokoll, wäre den Ärger wahrscheinlich nicht wert und so liess er es bleiben.

Später im Auto fauchte der Mörder Schneider an: »Wieso hast du geschossen?! Ich hätte das lieber selber zu Ende gebracht!« Wirklich überzeugt klang er dabei aber nicht.

Schneider antwortete trocken: »So ein Schuss in die Schläfe kommt nicht gut. Am Ende dämmerst du ohne Grosshirn auf der Intensivstation dahin und die Schwestern machen tagein, tagaus ihre fiesen Spässchen mit dir. Man erschiesst sich mit der Waffe im Mund, nicht in die Schläfe, du Anfänger!«

Also, Anfänger war vielleicht nicht ganz korrekt, Schneider musste dem Mörder immerhin zugutehalten, dass er sich mit seinem nicht ganz gewöhnlichen Mord schon in den Advanced Modus vorgearbeitet hatte. Aber mit Schusswaffen spielt man halt einfach nicht herum. Er tat ihm leid. Immer ein Opfer gewesen, war der Mann nun einmal zum Täter geworden.

Auf der Dienststelle angekommen gestand der Mörder noch einmal mündlich wie schriftlich, unterschrieb alles, was zu unterschreiben war, und trat seine U-Haft an. Seine einzige Bitte war, dass man Alberto, seinen Python, ins Tierheim bringen solle, seine Eltern könnten sich nicht um ihn kümmern. Lisa beschloss an dieser Stelle, Katja anzurufen und zu fragen, ob sie nicht Lust hätte, einen herrenlosen Python bei sich aufzunehmen.

»Guter Schuss«, sagte sie irgendwann anerkennend zu Schneider, »aber warum hast du überhaupt geschossen?«

»Keine Ahnung«, antwortete Schneider.

Das wusste er selbst nicht so genau. Jetzt würde er wieder monatelang Formulare ausfüllen und unter Umständen noch zum Psychofritzen gehen müssen. Grauenhafte Vorstellung. Vielleicht hatte es einfach genug Familiendramentote gegeben. Wobei die Welt sich weiterdrehen und es auch immer wieder Familiendramen, Tote inklusive, geben würde.

Es dämmerte bereits, als Schneider die Dienststelle verliess, um zu seinem Auto zu gehen. Er war müde und der Draculaspezialmix, den er gestern Abend verabreicht bekommen hatte, forderte seinen Tribut. Dracula stand mit einem angewinkelten Bein an der Wand am Ausgang. Schneider musste grinsen. Dracula wirkte fast schon sportlich-dynamisch.

»Tolstois erster Satz in seiner *Anna Karenina*

lautet: ›Alle glücklichen Familien gleichen einander, jede unglückliche Familie ist auf ihre Art und Weise unglücklich‹«, zitierte Schneider, als er bei Dracula stehen blieb.

Den Anfang des Buches hatte ihm Dracula einmal gezeigt, während sie über Draculas Vater gesprochen hatten.

»Hm«, machte Dracula. »Das stimmt in diesem Fall aber so nicht. Du hast selber gesagt, dass es in deiner Familie genauso zuging, wie bei den Bergs.«

»Da hast du recht. Und Renfield hatte auch recht mit ihrem ›Hort allen Schreckens‹, der die Familie für sie darstellt.« Schneider schaute auf den Boden. Kam da etwa Mitleid mit Renfield auf? Wurde er langsam altersmilde?? Nunja, ein bisschen Mitleid konnte man eventuell schon haben. Musste ja niemand wissen.

Dracula zuckte mit den Schultern. »Nicht alle Familien sind so. Es gibt auch tatsächlich welche, wo man sich liebt und unterstützt. Mirja und ich oder Lisa und ihre Familie, zum Beispiel.«

Schneider musste lächeln und dachte bei sich, dass bei Mirjas und Draculas Verhältnis trotz aller Liebe etwas Ödipushaftes nicht von der Hand zu weisen war. Immerhin waren die beiden damit plus minus glücklich. Und vielleicht zählte nur das. Was wusste er schon davon, wie gute Beziehungen auszusehen hatten.

»Kommst du nachher noch auf ein Glas Wein? Oder ein Bier?«, fragte Dracula.

»Heute nicht«, antwortete Schneider, »aber danke.« Dracula nickte und ging mit Schneider zum Parkplatz. »Gruss an Mirja und Lisa«, sagte Schneider zum Abschied.

»Werd ich ausrichten«, zwinkerte Dracula.

XXXIX

Schneiders Vater war schon im Bett. Gewaschen, gefüttert und gewickelt. Alte Menschen werden wie kleine Kinder, dachte Schneider, als er neben dem Bett seines Vaters stand. Dieser schnarchte mit geschlossenen Augen leise vor sich hin. Schneider schaute ihn an und streichelte schliesslich kurz über die welke Hand seines Vaters.

Auch sein Vater hatte einmal einen Befreiungsversuch gestartet. War einfach ausgezogen, hatte sich irgendwo eine kleine Wohnung genommen. Schneider hatte das nur am Rande mitbekommen, seine Mutter hatte sich mehrfach am Telefon bei ihm über die Schlechtigkeit seines Vaters beklagt. Schneider allerdings hatte dann irgendwann einfach nicht mehr den Hörer abgenommen, wenn sie anrief. Eines Tages stand sein Vater bei ihm vor der Tür, um ihm mitzuteilen, dass Schneiders Mutter die Diagnose Krebs bekommen hatte, und er zurückgekehrt war, um sie zu pflegen. Schneider hatte erst dann geglaubt, dass sie tatsächlich todkrank gewesen war, als er schliesslich an ihrem Sarg stand und überprüft hatte, dass wirklich sie es war, die da drin lag. Sein Vater hatte sie jedenfalls bis ganz zum Schluss gewaschen, gefüttert und versorgt. Und sich die meiste Zeit für seine Hilfe annörgeln lassen. Kurze Zeit später war bei ihm die Demenz festgestellt worden. Das Leben war halt manchmal einfach ein Arschloch. Die ersten Jahre hatte er noch alleine gewohnt, bis zu dem Punkt, an dem sein Geist endgültig die meiste Zeit im Tal der Dämmerung weilte, und ein eigenständiges Leben nicht mehr möglich gewesen war. Mit ein paar Büchern, mit denen er ohnehin nichts mehr anfangen konnte, und einem kleinen Koffer voller Kleider war er bei Schneider eingezogen. Das Haus hatte Schneider verkauft, das Geld aber nie angerührt. Die Sammlung mit den Kristalltieren hatte Schneiders Vater im Altglas entsorgt. Schneider berührte noch einmal kurz die Hand seines Vaters.

»Ich hab dich lieb«, flüsterte er.

Sein Vater öffnete seine Lider einen kleinen Spalt. »Wer sind Sie?«, krächzte er schläfrig.

Schneider seufzte leise und verliess das

Zimmer. In der Küche holte er ein Bier aus dem Kühlschrank. Dort hatte er sich vor zwei Tagen zwischen Brokkoli und Blumenkohl ein pflegersicheres Geheimversteck eingerichtet. Es war schon dunkel und so knipste er das Licht an seinem Schreibtisch an, bevor er sich auf seinen Stuhl setzte. Die Akte, die er angefordert hatte, war heute Morgen gekommen, aber er hatte bis jetzt nicht hineinschauen können, da Lisa beständig um ihn herumgeflattert war. Thomas Müller. Wie der Fussballer. Schneider schlug die Akte auf und begann zu lesen.